El país de Toó

Rodrigo Rey Rosa

El país de Toó

ALFAGUARA

Primera edición: octubre de 2018

© 2018, Rodrigo Rey Rosa
Todos los derechos reservados
© 2018, Penguin Random House Grupo Editorial, S. A. U.
Travessera de Gràcia, 47-49. 08021 Barcelona

© Diseño: Penguin Random House Grupo Editorial, inspirado en un diseño original de Enric Satué

Printed in Spain – Impreso en España

ISBN: 978-84-204-3468-1
Depósito legal: B-16626-2018

Compuesto en MT Color & Diseño, S. L.

Impreso en Unigraf, S. L.
Móstoles (Madrid)

AL 3 4 6 8 1

Penguin
Random House
Grupo Editorial

Para mis amigas Jovita y Gladys Tzul Tzul

Primer libro
EL HOMBRE REDONDO

I. Presente del Futuro

La casona de techo de palma estaba en un promontorio entre los cocoteros y dominaba la playa de arena volcánica, una línea recta que iba desde el lugar en que salía el sol hasta donde se ocultaba. La espuma de las grandes olas, que iban a morir en la orilla, dibujaba abanicos que se desvanecían en la arena negra una y otra vez. Detrás de la casa estaban los canales de agua turbia y mansa —criadero de jaibas, bagres y cuatrojos— rectos y largos como la playa, abiertos por los tátara tatarabuelos de la nana para llevar sus mercancías en cayucos de palo desde Tapachula, en México, hasta Sonsonate, en El Salvador, como ella contaba, aunque el dueño de la casa, un hombre rico, conocedor de una historia muy distinta, la contradecía. Más allá del canal, desde el segundo piso, podían verse las salinas y los inmensos potreros y cañizales, y, todavía más allá, una cadena de volcanes. A mediodía la arena se calentaba tanto que si caminabas en ella se te ampollaban los pies. Pero al atardecer, cuando el sol enrojecía antes de hundirse en el mar, podías jugar en la arena tibia o perseguir cangrejos, que corrían playa arriba para refugiarse en sus hoyos, o bajaban por la franja alisada por las olas, donde espejeaba el sol. Por la noche, a veces, la casona se llenaba de gente. Llegaban de las otras casas alineadas a lo largo de la playa, o hacían el viaje en carro o en helicóptero desde la capital.

1.

¡Esta casa está borracha! —gritó Jacobito. Sentados alrededor de una mesa larga en el corredor de la casona rústica en aquella playa del Pacífico, los adultos no paraban de reír. Una ola en la rompiente, más fuerte que las anteriores, se oyó por encima de las risas. Un intervalo de silencio.

Faltan tres minutos para la medianoche —dijo la madre de Jacobo, una mujer rubia de ojos grises.

¿Por qué faltan? —quiso saber el niño.

De nuevo, los adultos se rieron.

Era el único niño en la casa la noche de Año Nuevo, y en ese momento se había convertido en el centro de atención de las señoras. Soltó una risa aguda y contagiosa. Le gustaba ser el centro de atención.

Su madre lo tomó en brazos para sentarlo sobre sus piernas, mientras el padre sacaba de un cubo con hielo una botella de champán. Usó una servilleta para secarla antes de comenzar a forcejear con el corcho en forma de hongo.

¡Doce! ¡Once! ¡Diez! ¡Nueve! ¡Ocho!...

Los adultos devoraban uvas negras. Las iban tomando, una por segundo, de tres tazones alineados en el centro de la mesa.

¿Qué pasa? —dijo el niño, pero esta vez nadie le hizo caso—. ¡Yo quiero también!

¡Cero!

El corcho salió de la botella con un ¡pum! y un chorro de espuma. El cielo se iluminó con fuegos artificiales y las explosiones se multiplicaron en la noche. Jacobito abrazó a su madre, asustado.

No pasa nada, amor.

¡Feliz año nuevo!

¡Feliz año del perro!

¡Por el Futuro! —dijo el padre, y alzó su copa y la chocó con el señor al que llamaban el Futuro.

Abrazos, copas llenas y espuma rebalsada sobre la mesa, risas, brindis y más abrazos y besos.

¡Doña Matilde! —llamó la madre de Jacobo—. Venga a hacer un brindis con nosotros.

Doña Matilde, una matrona quiché y la nana de Jacobo, salió de la cocina y se acercó a la mesa.

Gracias, doña Ana —dijo—. Feliz año nuevo.

Tomó la copa de champán que la señora le alargaba y dio un pequeño trago.

Jacobo —dijo la madre—. Saluda y a dormir.

El niño protestó.

El padre:

Que se quede un rato más. Está gozando, ¿no?

Que se quede —exclamó uno de los mayores, que le había regalado esa navidad un avioncito que podía volar de verdad. Para el último santo de su papá había llevado a la familia, la nana incluida, a dar una vuelta en helicóptero. Tenía varias avionetas y helicópteros. Vivía de ellos, Jacobo había oído decir, aunque no acababa de entender lo que querría decir vivir de aviones y helicópteros.

Está bien. Cuando paren los fuegos, te vas a la cama —dijo la madre.

Doña Matilde llevó al niño en brazos al balcón. Hacia el oeste, en un cielo muy negro sobre el agua más negra todavía, las efusiones de luz y las explosiones continuaban.

¡El cielo está borracho! —gritó el niño, y soltó su risita nerviosa.

2.

Jacobo amaneció temprano, pese al desvelo, cuando la casa entera dormía. Alcanzó con una mano un maletín que colgaba de la baranda de su litera, donde había guardado algunos de los juguetes que recibió para navidad. Sacó una máscara de buzo. Unas aletas. Un delfín mecánico y su control remoto. Este se lo había dado el Futuro. Visitaba a la familia muy a menudo últimamente.

¡Eso es demasiado! —había dicho la madre cuando Jacobo abría el paquete bajo el árbol, siete noches atrás. Y a su esposo, a modo de regaño—: No debió, de verdad.

¿El general? ¿Tal vez debió darle dinero? ¡Es lo que pensaba hacer!

¡Claro que no!

¿Qué es dinero? —preguntó Jacobo.

El padre le alargó un pedazo de papel anaranjado.

Mirá.

El niño lo tomó. Miró los dibujitos: un volcán; un pájaro de cola larga; una pirámide. Se lo acercó a la nariz.

¡No! —exclamó su madre—. Es muy sucio. Es la cosa más sucia que puedas imaginar.

Le quitó el billete al niño y lo devolvió a su padre, que dijo:

No hay que exagerar.

¿Es más sucio que el popó? —preguntó el niño.

Sí —dijo la madre—. Pasa de mano en mano y la gente no se las lava.

¡Cierto! —se rio el padre, y en voz baja—: Pero el dinero se puede lavar. El popó, en cambio, no.

No es divertido —dijo ella; aunque el niño y su padre se reían a carcajadas.

¿Qué es el futuro? —siguió el niño.

Lo que no ha pasado todavía.

Otra cosa que él no podía entender. Cada vez había más cosas así.

Se volvió hacia la ventana, desde donde podían verse, a través de la mosquitera y más allá de los penachos de las palmas, el cielo de la madrugada y una larga franja de plomo que era el mar. El rugir de las olas lo transportó a un mundo que nadie más conocía; él mismo lo estaba creando en ese momento, con la facilidad y la despreocupación de un pequeño dios. Era un mundo vasto —más ancho que la playa de arena negra y el mar— y él estaba en el centro. De pronto, no aguantó las ganas de orinar.

La nana, que dormía en el camarote inferior, le oyó moverse y se levantó para ayudarle a bajar. Lo acompañó al baño, y luego le dio su desayuno de cereal con leche en la cocina, en la mesita baja que solo usaba él. Jacobo acomodó al delfín, del tamaño de un bebé, en la sillita a su lado, y la mujer se puso a lavar los platos de la fiesta de Año Nuevo, que no había terminado hasta el amanecer. Mientras fregaba, se quejaba del calor, pero vestía, como siempre, su traje de Toó: corte, faja y huipil. La cara y el cuello le sudaban profusamente.

Jacobo se levantó de la mesita con el delfín y salió de la cocina. Fue a su cuarto y repasó los demás juguetes. No podía con todos, así que dejó las aletas y el control, que aún no sabía cómo usar. Atravesó el corredor y bajó al espacio abierto del piso principal. Subió en una de las hamacas, se empujó con un pie para mecerse, con el delfín en brazos. Cerraba los ojos de vez en cuando, para imaginar que nadaba en el mar, lejos de la orilla, lejos de todo, al lado de un delfín de verdad.

Empapado en sudor, se despertó con el ruido de los niños grandes, que habían llegado con sus padres a seguir la fiesta. Entre el ranchón que era la casa y las olas, que su padre decía que eran peligrosas como tigres, y que se alzaban para reventar contra la arena, estaba la piscina de agua dulce, donde Jacobo había aprendido a nadar. En una cancha más allá de la piscina, los niños grandes jugaban *volleyball*. Los papás, arriba, estaban desayunando y platicando, como casi siempre, sobre algo que llamaban política. Era un juego en que todo se valía, les oyó decir alguna vez. Era un juego también peligroso. A ellos les gustaba el peligro, había descubierto con satisfacción. Alguien puso a sonar una música de guitarras y tambores. Bailó unos cuantos compases, moviendo la pelvis como había visto hacerlo a sus mayores. La nana estaba dormida en la otra hamaca, a pocos pasos de la suya.

Salió de la sombra del rancho al sol, que lo deslumbró, y se quedó allí un momento, parpadeando, hasta que vio los pelícanos que volaban sobre la cresta de las olas, que eran enormes a esa hora. No quería jugar volleyball. La pelota era demasiado dura. Volvió a la hamaca para tomar la máscara y el delfín. Corrió hacia la piscina, que no estaba llena, como anoche. Bajó despacio por las gradas color esmeralda. Puso el delfín en el agua tibia, le dio un empujón. Los delfines eran parientes de los humanos y necesitaban salir de vez en cuando a respirar, le había dicho el padre, pero ellos respiraban por un hoyito que tenían en la espalda.

El agua le llegaba hasta los hombros. Él ya podía nadar con la piscina llena, cuando el agua le cubría la cabeza. El delfín, que había llegado a la mitad de la piscina, se hundió. Decidió ir por él. Al salir estaría muy cerca de la cancha, donde los niños grandes jugaban.

Estilo perrito, empezó a nadar. A sus espaldas oyó la voz de la nana:

¡Jacobito! —gritaba—. ¡Salga de allí!

Hundió la cabeza en el agua para ocultarse y convertirse en delfín. Iría por su compañero. Moviendo de arriba abajo el vientre y las piernas, siguió nadando, oyendo apenas los gritos de la nana, que no paraban. Pero antes de alcanzar el otro extremo de la piscina, que estaba a medio vaciarse, el orificio del tragadero, donde el agua se arremolinaba, lo succionó hacia el fondo, como hizo con el juguete, que estaba atrapado en la rejilla. Antes de que uno de los invitados —al oír los gritos de la nana que, como no sabía nadar, no podía hacer más que ir de un lado para otro por el borde de la piscina— saltara del balcón a la arena, corriera hacia la piscina y se lanzara al agua para rescatarlo, el niño perdió la conciencia.

3.

En el mundo adonde volvió, un mundo que, más que el mundo que había dejado atrás, era uno de su propia invención, había palabras, pero faltaba la conexión entre unas y otras. Había caras y sonrisas y comida en la boca. Excrementos y agua limpiadora. Ruidos y colores. Caricias y más de esto o de lo otro. Y, cuando algo faltaba, la ira. Como el momento en que comprendió que su madre ya no estaba. La llamó a gritos durante largo rato pero ella no llegaba.

Cuando ella estaba todavía, los llevaba en su carro, que olía a cuero y a perfume, a él y a la nana a dar vueltas y a comprar comida. Cuando se fue, los paseos terminaron. Hasta que llegó el hombre que era más alto y más fuerte que su padre y tenía una cara grande y oscura. Se llamaba Rafael pero le decían Cobra. Su hablar era distinto. Tenía una voz ronca y afelpada. Hacía pensar en un tigre o un león. Jacobito se sentía seguro en su compañía. Fantaseaba con tener en él un aliado para recuperar a su madre.

Un día de mucha lluvia el Cobra llevó a la casa un gatito blanco con un lunar negro en la frente y un ojo más azul que el otro. Lo había hallado cerca de la casa, empapado, medio muerto de frío, dijo el Cobra, que lo había envuelto en una toalla sucia. Con una pistola para el pelo que había sido de la madre de Jacobo (la sacaron de un cuarto de cachivaches al lado del cuchitril del Cobra, en el sótano) la nana secó al gatito. Le dieron de comer pan empapado en leche, y luego el Cobra se lo ofreció a Jacobo para que jugara. Tu mascota, le dijo. El ronronear del gatito lo alegraba y pasaba horas enteras echado en el suelo o en su cama con el gatito sobre el pecho o entre los brazos.

4.

Llegó un día en que, al despertar, no encontró la cara de la nana, ni la del hombre con cara de tigre, sino la cara de su padre, que le dio un beso en la frente y le pasó una mano por la cabeza.

¿Nos levantamos?

Jacobo protestó con un gruñido. La mano olía a tabaco y de la boca del padre salía un aliento ácido. Se dio vuelta contra la pared.

El padre lo tomó de un brazo y tiró para levantarlo.

Ven, Jacobito. Vamos a pasear.

Jacobo sacó al gato, que era ya un adulto, de debajo de la cama.

Dejalo —le dijo el padre—. No puede venir.

Jacobo dejó el gato sobre la cama y le acarició la cabeza. El gato cerró los ojos y se puso a ronronear.

Vamos, mijo.

Salieron en el auto pequeño, un Audi semideportivo. Al arrancar, las llantas rechinaban y la cabeza se te iba para atrás.

Jacobo oprimió el botón para bajar su ventanilla. El aire le alborotó el pelo y le hacía cosquillas en las orejas.

Meté la cabeza —dijo el padre.

Jacobo no hizo caso. El viento, al entrar en su boca abierta, hacía un ruido que recordaba el mar.

Es peligroso, Jacobito —dijo el padre—. Metela, por favor.

¡Ooooo! —gritó Jacobito a la gente que esperaba en una parada de autobús.

El padre lo tomó de una oreja, suavemente, para hacer que metiera la cabeza. Hizo subir la ventana y oprimió el mando antimenores para impedir que el niño la volviera a bajar.

Jacobo se echó hacia atrás en el asiento y dio patadas en la guantera.

Eso está muy bien —murmuró el padre.

Este comentario lo atemorizó. Dejó de dar golpes y se quedó muy quieto. ¿Qué estaría haciendo el gato, se preguntó, solo en la casa?

El padre detuvo el auto frente a un edificio blanco de dos pisos en una avenida con un arriate de arbolitos en el medio. Sacó su teléfono, marcó un número.

Ya estamos aquí —anunció.

Un momento después dos hombres vestidos de blanco salieron del edificio.

El padre se bajó del auto, lo rodeó para abrir la puerta de Jacobo.

Bienvenido —le dijo a Jacobo uno de los hombres de blanco.

II. Listo, leal y limpio

5.

El viejo había mandado al nuevo chofer con doña Matilde en la Volvo a su cantón de Toó, en las montañas de Occidente, para unas fiestas patronales. El Cobra disfrutaba manejando aquella camioneta, y el día del viaje, a mediados de junio, hacía mucho calor. La idea de ir a tierra fría no era desagradable.

Salieron temprano por la mañana un jueves, día de mercado en Toó, que está más allá de Sololá, al sur del Ixil. Llegando al enlace de El Trébol, donde confluyen las arterias terrestres de la pequeña república, doña Matilde preguntó si podían recoger a una de sus sobrinas, vecina de Toó, que estudiaba en la universidad. Ella también iba a las fiestas, pero el transporte público funcionaba muy mal últimamente, como todo el mundo sabía.

No hay problema —dijo—, siempre que el viejo no se entere.

Don Emilio Carrión, el viejo, era alguien a quien no convenía disgustar. El Cobra nunca tuvo muy claro cuáles serían sus funciones como empleado y chofer suyo. Al principio fue generoso, poco exigente. Eso sí, había que ser puntual, y sobre todo, obediente. En todo.

Si don Emilio te aconsejaba que abrieras una cuenta de ahorros en determinado banco y la abrías en otro, perdías puntos. Si enamorabas a una mujer que a él no le parecía y, advertido, no cortabas con ella, perdías puntos. Si te hacía ver que un corte de pelo te hacía falta y no te lo cortabas, perdías puntos. En cambio, si le hacías caso, los ganabas. Había que canjearlos pronto, esos puntos imaginarios, como aprendió a hacerlo, porque, de lo contrario, al cabo de unos días expiraban, eliminados para siempre de la memoria del viejo anticuario.

Vas a ser mi factótum —le había dicho; y el Cobra asintió, pensando que sería, como lo había sido en Sonsonate, el que pasaba las facturas. Fue sin duda un empleo instructivo y divertido, por algún tiempo. No fue nada sencillo.

La sobrina estaba en una gasolinera Puma, pasando el Trébol, dijo la nana.

Igual que doña Matilde, vestía un traje de Toó; pero calzaba tenis en vez de sandalias. Era pequeña y delgada y el Cobra la encontró muy atractiva. Se llamaba Gregoria y le decían Goya. Un amigo la acompañaba. Lo presentó: un artista del lago de Atitlán.

Era un joven delgado, de pelo largo agarrado en cola, piel bastante más oscura que la de la muchacha. Llevaba un saco de paño blanco de Sololá con adornos de murciélagos abstractos y pantalones vaqueros. A él también podían llevarlo.

El Cobra usó el baño y volvió a las bombas para pagar la cuenta. Luego abrió el maletero para que los pasajeros pusieran allí sus mochilas de tela con bordados mayas. Por sugerencia de doña Matilde, el joven subió en el asiento del copiloto y ella se pasó para atrás, con su sobrina, y comenzaron a hablar en maya quiché.

Calidad de carro, don —dijo el artista al subirse.

*

A lo largo de la carretera Panamericana el paisaje de montañas y barrancas como pintado en acuarela estaba obstruido por edificios de lámina y bloques de colores charros, y los carteles de publicidad, grandes y pequeños, se sucedían unos a otros sin interrupción.

Barricadas contra la belleza —dijo el artista.

A la entrada y salida de cada pueblo podían verse cascadas de basura plástica y orgánica.

Es el progreso —se rio—. Y apesta.

Acarició apreciativamente la tapicería de cuero color miel que cubría los brazos de su asiento. No hablaba quiché, sino tzutujil, dijo. Acababa de graduarse de bachiller y quería ir a estudiar en la capital, porque en su tierra no había universidades. Así la había conocido a Goya, que iba a la Del Valle, una universidad privada donde daban becas a estudiantes mayas de pocos recursos, como ellos.

Coronaron la cumbre de Chupol y al cruzar la pasarela, recién construida, el artista agachó la cabeza para dejar caer un poco de saliva en la alfombra de la Volvo.

Aquí mataron a un compadre no hace mucho —dijo—. Lo lincharon por atropellar a un bolo.

Me parece muy mal —le dijo el Cobra—, pero no me manchés el carro, por favor.

Perdón —dijo el artista—. Mi educación no está completa, ya lo sé.

Dejaron al artista en Los Encuentros, donde tomaría un autobús a Panajachel para continuar en lancha hasta San Pedro La Laguna, donde vivía.

El Cobra se bajó a estirar las piernas y respirar el aire frío de las montañas.

Una arañita —se excusó, y se paró al borde de la cuneta para vaciar la vejiga.

Goya se pasó al asiento delantero.

¿Le importa? —preguntó.

El Cobra negó con la cabeza.

Al contrario —dijo.

Doblaron hacia el norte para evitar el denso tráfico de los viernes de fiesta en Cuatro Caminos. Siguieron por una carretera retorcida y angosta, hecha de ganchos y plagada de túmulos en las escasas rectas y en los sitios poblados. Atravesaron milpas secas, invadidas por trepaderas de frijol y de güicoy, mientras espantapájaros de trapo y plástico, animados por ráfagas de viento, mantenían a raya a chocoyos y zanates. En lo alto se veía la silueta de un halcón que revolaba.

Goya dijo:

Busca roedores.

Bajaron y subieron un profundo barranco cubierto de árboles.

Eran bosques comunales. Allí estaban las fuentes de agua para las comunidades, y la gente colectaba leña para el fuego y recogía hongos y hierbas medicinales, siguió Goya.

Interesante —dijo el Cobra.

Goya quería ser astrónoma. Un maestro que enseñaba en su pueblo, uno de esos gringos que andan por ahí, quien había sido también un amigo, se había convertido en astrofísico poco después de su temporada en Toó. Se mantenían en contacto por internet, y el gringo la animaba. Estudiaba también leyes, dijo Goya, porque de los astros no iba a vivir, ya lo sabía.

Es cierto —dijo el Cobra.

Goya:

Y a usted, ¿por qué le dicen así?

¿Cómo?

Como a esa culebra.

El Cobra, después de reírse:

Fui cobrador de una clica en mi tierra. Y eso se me pegó.

¿Una clica?

Una pandilla.

¿Pandillero? —dijo Goya.

En El Salvador, sí. Pero logré salirme, gracias a Dios.

*

Estaba esperando al turco (que en realidad era un libanés) del almacén de telas en una banca del parque, del otro lado de la iglesia, recordó. El turco tenía su tienda de telas a pocas cuadras de allí, detrás de la catedral. El hermano mayor del Cobra le vendía protección y el turco pagaba puntualmente desde hacía más de un año. El segundo lunes de cada mes daba un paseo por el parque y se sentaba en esa banca, bajo un viejo aguacate. Fingía comerse un shuco o una sincronizada. Y el Cobra se le acercaba, con sus dieciséis años y su caja de lustrador. Allí llevaba sus fierros (una Colt .22, un picahielos) y las cosas de lustrar. Una vez nada más le había enseñado el arma al turco. El otro dejaba que le lustrara los zapatos, pagaba con un billete de un dólar y, como propina, le daba al Cobra una bolsita de Pollo Campero, donde, en lugar de comida, había un fajo de billetes con la suma acordada.

Fue una vaga rigidez en los movimientos del otro en el momento de pagarle lo que hizo comprender al Cobra que lo habían traicionado. Cuando levantó los ojos, dos policías se acercaban, uno por cada lado. Miró a sus espaldas. Más policías. Se quedó quieto, y mentalmente repasó el número que tendría que marcar cuando le permitieran hacer la llamada de ley. Por suerte, la Colt no la llevaba ese día. Su hermano se la había pedido prestada la noche anterior.

El turco caminaba muy deprisa hacia el otro extremo del parque, sin mirar para atrás.

33

Se puso de pie y, las manos detrás de la cabeza, repitió los números salvadores, una y otra vez.

Hoy sí te chingamos —le dijo uno de los policías.

El padre carnal del Cobra, que era juez de instrucción en Sonsonate, había intervenido.

Ni siquiera estoy seguro de que seás mi hijo. Lo hago por tu mamá (una dama brasileña que había migrado a El Salvador en los noventa y que ya estaba en plena decadencia). Ya no voy a volver a ayudarte —le dijo el juez cuando salió de la cárcel, donde había pasado poco más de un mes—. Hoy mismo te me vas al extranjero. Sí. Ahí vas a trabajar, si querés, con un señor que necesita protección. Yo le dije que podías. Es una buena chamba. Sencilla. No la vayás a cagar.

*

¿Y cómo lo pasó en la cárcel? —quería saber doña Matilde.

En una recámara íntima de su memoria, revivió una escena ya olvidada:

Tengo sida, cerotes —grita.

¡Nosotros también! —le contestan. Algunos de sus violadores, pero no todos, usan condones redoblados. Recordó el cartón con olor a grasa de pizza (Domino's) que usaban los presos de la carceleta del Palacio de Justicia esa noche a modo de colchón.

Ser grandote me ayudó —contestó mientras tomaba una curva muy cerrada—. Le di barniz a un chapín de la 18, y me dejaron estar.

¿Y por qué se vino para acá? —Goya quería saber.

El juez era amigo del viejo. Cosas de política —explicó el Cobra—. Por él me mandaron. A mi mamá, la pobre, ya no la volví a ver. Se murió de cáncer como al año de aquello.

*

Si el Cobra había tenido poca suerte en otros aspectos, era un triunfador en lo que respectaba al sexo opuesto. Una combinación de dotes naturales y buena fortuna pusieron a su alcance a una serie de mujeres que cualquier Don Juan tropical envidiaría. A los trece años, en el círculo de amigas de su madre —bailarinas y masajistas— encontró a sus primeras maestras. Pocas fueron las mujeres que, una vez hubieron entrado en su zona de atracción corporal, quisieron o pudieron resistírsele.

La sobrina de doña Matilde lo miraba de reojo a cada rato.

A orillas del camino se alzaban paredes de roca viva y húmeda coronadas con árboles. Aunque era tiempo seco, la bruma caía en cascadas desde las crestas de la montaña de enfrente. El camino negro y reluciente se dobló sobre sí varias veces antes de alcanzar la cima. Del otro lado estaba Patzité, donde doblaron a la izquierda, hacia el valle de Toó, que dividía el bosque en dos.

Antes de entrar en San Miguel, la cabecera, doña Matilde (a quien su sobrina llamaba Tilde) se echó hacia adelante para decirle al Cobra:

Vea ese caminito a la derecha. Ahí va a cruzar.

El camino de tierra bordeaba una colina cubierta de milpa. Aguacates de copas verdes y frondosas como globos se veían aquí y allá. El camino se amplió cuando una furgoneta cargada de instrumentos musicales les salió al encuentro.

¡Adelante! ¡Dele, dele!

¡Muchas gracias!

Siguieron avanzando y poco después llegaron al pie de una montaña que hacía pensar en una catedral. Se perdía en una llanura invertida de nubes grises. Un lugar sombrío pero hermoso, pensó el Cobra. Bocanadas de aire frío entraban por la ventanilla de la Volvo que la muchacha tenía abierta. El camino terminaba ahí.

Aquí va a dar la vuelta —dijo doña Matilde, y señaló una callecita muy corta que bajaba hacia la izquierda.

Había dos casas, sus techos de teja color chocolate casi al ras del camino, como enterradas en la ladera. Las paredes, recién encaladas, eran de adobe y bajareque. Más allá de las casas, en terrazas angostas, se extendían más milpas. Las matas verdes de maíz brillaban en la luz de la tarde.

El Cobra detuvo la Volvo y apagó el motor.

Esta es mi casa —dijo doña Matilde.

Del otro lado del camino había un cobertizo de cañas que servía de estacionamiento a un *jeep* Willys de modelo antiguo pero bien conservado.

Un hombre apareció al lado del jeep. Un saludo circunspecto. Al ver a la muchacha bajar del auto, alzó los brazos con alegría, sonriente, dando gracias a Dios porque su hija había vuelto sana y salva de la ciudad.

Goya presentó a Rafael Soto, alias el Cobra, de El Salvador, que había traído a Toó a la tía Matilde para las fiestas. Don Atanasio Akiral le dio las gracias por conducir a las mujeres y lo invitó a entrar en su casa.

Pasaron a una especie de zaguán por una puerta muy baja. Don Atanasio le pidió al Cobra, el más alto del grupo, que no se golpeara la cabeza con el dintel. En un jardincito frente al corredor de la casa había una perrera entre dos hatos de leña. Un cachorro negro salió de la perrera y comenzó a ladrar, tirando de su cadena. Tiestos de margaritas, hibiscos y chatías poblaban el jardín, como en las casas de Sonsonate. Había una pila de lavar en un extremo del corredor, y un gato color tigrillo dormía tranquilamente junto a la pila, mientras un hilo de agua rebalsaba a un cántaro de plástico. En macetas colocadas sobre bloques de cemento en un suelo de lozas, o colgadas de las vigas de madera, había tomate, culantrillo, chile, apazote. Una señora quiché, la cabellera arreglada en trenzas gruesas, estaba sentada en una sillita de pino y ahora se puso de pie para abrazar a su hija y a doña Tilde. Luego saludó al Cobra.

Era la hora de echar las tortillas, dijo, y los invitó a entrar en la casa.

El cielo raso de madera oscura era bajo y las brasas encendidas en un viejo fogón de terracota acentuaban la atmósfera de intimidad. Sobre un poyo al lado del fogón había un filtro de cerámica, y doña Desideria se puso a llenar vasos de agua para los recién llegados. Se sentaron a la mesa frente al fogón, mientras las tortillas se doraban en un comal de barro.

Ese domingo, 11 de junio, era el día del Padre Eterno, dijo don Atanasio. Los del cantón vecino lo celebraban, pues Él era su patrón. Por eso, al atardecer comenzarían a poner alfombras de flores y aserrín para una pequeña procesión.

¿Habían visto los letreros en las paredes de la alcaldía? Después de las cinco no se podría circular, por las alfombras. Él mismo, que ese año fungía como alcalde comunal de su cantón (su vara negra con pomo de plata estaba alzada en una especie de bastonera ritual colgada de una pared), lo había dispuesto así.

Me voy ya, pues —dijo el Cobra al oír esto. Dejó el tazón de atole caliente que doña Desideria acababa de darle.

Doña Matilde le puso una mano en el brazo y le dijo:

Son las cuatro y media. ¿Por qué no se queda y come con nosotros? Se va mañana a mediodía. El patrón tiene que entender.

Los señores de la casa insistieron. Tenía que quedarse, les haría un honor. Del otro lado del patio alargado tenían un cuarto libre, que fue del abuelo y luego del hermano mayor, que vivía en Quezaltenango.

Telefonearon a don Emilio, el jefe. Él sabía que era día de fiesta y contaba con que el Cobra no volviera hasta el día siguiente, dijo.

Con un patrón así —dijo don Atanasio—, sí se puede trabajar.

El Cobra dijo que era cierto.

Doña Matilde no tardó en despedirse, y el Cobra fue con ella para sacar su maleta de la Volvo. La dejó frente a la puerta de la casa de su madre, que había muerto un año atrás, del otro lado de la callecita de fango.

*

Muy temprano por la mañana salió del cuarto y en el corredor encontró a don Atanasio que barría el suelo con una escoba de raíces, mientras doña Desideria lavaba trapos en la pila. Lo invitaron a usar el baño, que estaba en un extremo del corredor. Se lavó a guacaladas con el agua caliente que doña Desideria puso ahí para él en dos cubetas de plástico. Un poco más tarde fue a sentarse con los señores en la sala frente a un televisor, donde pasaban las noticias. La muchacha no se despertaba todavía. Don Atanasio, en la cabecera de la mesa para el desayuno, volvió a dar gracias a Dios y la «santa milpa» y a pedir por los desamparados, los enfermos y los que estaban en la cárcel. Doña Desideria sirvió tazas de café y chocolate y unas tortillas de trigo recién cocidas en el fogón, las que el Cobra elogió. Ella y don Atanasio salieron hasta el zaguán para despedirlo. A Goya, explicaron, los fines de semana le gustaba dormir hasta muy tarde.

Ya sabe —dijo don Atanasio, alcalde y autoridad del pequeño reino de Toó—. Cuando vuelva, si es que vuelve, aquí tiene su casa.

*

Nada sospechaban, pensaba el Cobra mientras conducía la Volvo por la Panamericana, cada vez más lejos de Toó, y eso era bueno. Recordaba la escapada con la pequeña Goya, que tuvo lugar gracias a una misteriosa coincidencia. A cierta hora de la noche se había despertado. El cuarto donde dormía Goya estaba en un extremo de la casa, pero le pareció que la oía toser —una, dos, tres veces. El cuarto de los padres estaba junto a la cocina. A tientas, salió al corredor. Vio la figura menuda de la aspirante a astrónoma que atravesaba despacio el patio, sin volverse para verlo. Pero fue como si su silueta bajo la luz del cielo nocturno pidiera que fuera detrás de ella, y la siguió. Pronto estaban los dos solos en la parte trasera de la casa, donde no había ventanas, y se abrazaron detrás de un árbol de tronco y ramas retorcidas.

¿Sabés qué es lo que más me gusta de vos?

No.

Tres cosas.

¿Sí?

Tu olor, primero.

¿A qué huelo? —quiso saber el Cobra.

Olés a limpio.

Gracias.

Luego, tu tamaño.

Él se rio.

De veras. Me siento como una niñita entre tus brazos.

Volvió a reírse. Estaba pensando en otra parte de su anatomía. Pero podía ver el punto. Ella le llegaba al pecho, apenas.

¿Y la tercera?

Que seás salvadoreño. A los ladinos de aquí no los aguanto.

¿Por qué?

¿Vos no entendés, verdad? Pero son todos, pero todos, una mierda. Algún día te voy a explicar, tal vez. ¿O no vamos a vernos otra vez?

Dios sabe —dijo el Cobra.

Yo no sé cómo será tu Dios.

¿Y el tuyo?

Yo tengo varios.

Qué de a huevo —dijo el Cobra.

Goya dijo que así era.

Poco después, se puso de pie y se envolvió en su corte. A pasos menudos y silenciosos regresó a la casa.

Tumbado de espaldas, las manos entrelazadas detrás de la cabeza bajo el frío y las estrellas dispersas o agrupadas en figuras que Goya le enseñó a reconocer, fue feliz. La Serpiente Nube; el Ocelote; la Tortuga, repitió para sí, recorriendo el cielo con la mirada. Aquella, solitaria y más luminosa que las otras, era Xux Ek, la estrella avispa, que no era en realidad una estrella.

6.

Don Emilio Carrión conducía despacio por la calzada, el campo de golf de dieciocho hoyos a la izquierda, las altas vallas con cámaras de vigilancia de las residencias de lujo a la derecha. Era el mes de junio y la noche anterior había llovido. En el asfalto mojado, la línea divisoria estaba casi completamente borrada. El sol de la mañana no tardaría en secarlo. Una delgada capa de vapor comenzaba a levantarse del suelo y el Audi azul se deslizaba en silencio como sobre una alfombra de algodón.

Había hablado con el doctor Loyola la noche anterior, pero no quiso decirle por qué necesitaba verlo. Supondría que se trataba de Jacobo, su único hijo, que se encontraba al cuidado del doctor desde hacía casi ocho años. Sin proponérselo, recordó el día en que decidió ponerlo en manos de los psiquiatras. Contra la voluntad de su señora, de quien se había separado un año después del accidente, internó al niño de nueve años en el hospital mental cuyo fundador y director era Loyola. Tampoco doña Matilde, la nana, se lo había perdonado, recordó.

Me voy a la punta, don Emilio —le había dicho la vieja—. Yo no tengo nada que hacer aquí si Jacobito ya no está.

Y en efecto, unos meses después del internamiento de Jacobo en Los Cipreses, la nana lo abandonó. Pero visitaba al niño cada quince días, religiosamente, el primer y tercer domingo de cada mes. Y a don Emilio, dos o tres veces al año: para el día de su santo, en agosto;

41

para navidad; y a veces en junio, para llevarle hongos de San Juan.

Pero la familia del comerciante de antigüedades y otras bellezas no tenía nada que ver con la reciente llamada al doctor. El motivo era otro, uno mucho más urgente y comprometedor. Una serie de alteraciones en el mundo político de la pequeña y convulsa república estaba modificando el sentido general de las cosas de manera inesperada. Con resentimiento, don Emilio se vio forzado a tomar medidas extraordinarias, medidas que necesitarían de la ciencia y la experiencia del doctor.

Los agentes provocadores de la cascada de cambios y de arrestos de personas notables del mundo político y empresarial no tenían idea de la magnitud del daño que podían causar. Él no quería sufrir ningún daño, desde luego, y estaba listo para actuar antes de que fuera tarde. Dinero tenía, y también otros recursos, necesarios en el juego de la política y los grandes negocios en aquel pintoresco país.

*

Ya te tengo a tu muchacho, Emilio. Fuera de serie, este —le había dicho su amigo, juez de paz en Sonsonate, más o menos un año atrás, cuando las cosas habían comenzado a complicarse de verdad y él le pidió ayuda para contratar a un guardia confidencial.

Lo mismo me dijiste, no sé si te acordás, del último —objetó el anticuario—. Una mierda, fuera de serie, eso sí.

Era verdad. Había tenido que deshacerse de aquel muchacho. No solo se había propasado con la señora de la limpieza. Le había robado uno de sus revólveres y, borracho, un fin de semana, estando franco, había armado un escándalo, disparando al aire frente a su casa porque sí. Lo arrestaron y el propio don Emilio tuvo que ejercer sus influencias para que lo dejaran libre, y para recuperar su revólver.

Eso no podía preverlo nadie. Ya te digo. Este es otra cosa. Listo, leal y limpio. Lo andamos monitoreando desde hace años. No hay quejas de ninguna clase, palabra. Hasta lo puse a manejar dinero. Era nuestro cobrador.

Ya —dijo el otro—. ¿Otro de tus bastardos, Pancho?

Ja, ja —se rio el juez de Sonsonate—. Sos un tigre, Milo. Pero sí.

*

Cuando don Emilio llegó a la casona del club el doctor ya estaba allí, sentado en su mesa favorita en un extremo de la terraza, donde comenzaba a calentar el sol. Casi completamente calvo, el escaso pelo pegado al cráneo con gel, vestía un traje color óxido de dos piezas y una camisa mostaza con corbata verde. Alfiler dorado. La gramilla del campo de golf, de un verde muy brillante, parecía artificial. Pocos habrían imaginado que, más allá de las pequeñas colinas ondulantes y los bosquecillos de pinos y cipreses, las residencias con piscinas y las canchas de tenis, comenzaban las barriadas obreras, los arrabales, y, un poco más allá, los barrancos bañados con aguas negras y poblados de covachas, donde los torrentes del final de la estación lluviosa causaban año tras año deslizamientos de tierra y pérdidas de vidas y viviendas.

Eran las ocho y media y el doctor examinaba el menú del desayuno, mientras en la baranda blanca de la terraza comenzaba a vibrar un rayo de sol. Aguardó hasta que don Emilio estuvo frente a él del otro lado de la mesita de hierro para levantar la cabeza y estirar la mano para darle un apretón.

Hoy tenían huevos de tortuga, aunque la veda ya había comenzado, dijo el doctor. Sugirió que los probaran. Ese año podrían decretar una veda indefinida, tal vez permanente. Y tal vez esa delicadeza iba a convertirse en una cosa del pasado, como tantas cosas buenas, agregó.

Como por común acuerdo, mientras duró el desayuno hablaron de todo y de nada. De cómo los chinos estaban comprando el país —desde tierras montañosas con abundantes fuentes de agua y yacimientos minerales hasta playas enteras (las playas de arena negra del Pacífico, muy ricas en hierro, y donde solían desovar las tortugas cuyos huevos estaban desayunando ahora en el club) a través de testaferros británicos, franceses o canadienses, con contratos mordaza con duración de hasta diez años, con el fin de mantener ocultos los nombres de los nuevos dueños—; de una nueva cura contra el cáncer a base de electricidad; de un par de amigos y un enemigo común que habían sido encarcelados, y de otro personaje que se había dado a la fuga, todos acusados de algún que otro delito de corrupción. Incluso, durante unos minutos, hablaron del joven Jacobo, cuyo retraso mental no había mejorado.

En absoluto —puntualizó el doctor.

*

Esas cámaras son puro bluf. Pero de todas formas —dijo, después de mirar por encima del hombro una cámara de vigilancia instalada en un alero del restaurante.

Se sacó el celular de un bolsillo de la chaqueta y lo apagó; luego se quitó el alfiler de la corbata y lo usó para sacarle el chip.

Ofreció el alfiler al anticuario.

Por si acaso —dijo—. Usame de pantalla.

Don Emilio obedeció.

¿Sabés cómo fue aquello de Sabú Mafú? —preguntó después el doctor, refiriéndose a un exministro de Obras Públicas prófugo (los rumores decían que se ocultaba en Italia)—. Estaba divorciándose, aunque muy discretamente, como sabés. Bueno. Su mujer ayudó a que lo jodieran, tal vez sin saberlo. Una agente del Ministerio Público, una jovencita, que dicen que es una belleza, la pisada, la contactó, haciéndose pasar por vendedora de bienes raíces. Le sacó la información que hacía falta. Propiedades por aquí y por allá, cuentas de banco y lo demás.

Increíble —dijo don Emilio—. No muy ético, eso.

Es parte del juego —repuso el doctor—. Son policías. Aquel conoce las reglas.

Es acerca de un caso parecido de lo que tengo que hablarte. —Miró a su alrededor—. Tenemos un problemón.

¿Un paseíto?

Se pusieron de pie y bajaron de la terraza a un sendero de grava blanca, por el que se fueron alejando sin prisa, hasta convertirse en dos pequeñas figuras que conversaban sobre la extensión de hierba verde y ondulante entre los hoyos del campo de golf.

III. El hombre redondo

7.

A los cincuenta y cinco años Polo Yrrarraga era un hombre de cuerpo redondo, cara y cabeza redondas, ojos achinados y orejas de tazón. Ya no tenía pelo en la cabeza, pero se había dejado crecer el bigote y la barba, blanca y abundante. Algo de Padre Pío había en él, decían sus amigos.

Hacía unas semanas que su vida transcurría entre el trabajo de activismo y las entrevistas para los diarios, la radio y la televisión locales. Ahora mismo estaba sentado en un pequeño estudio de televisión del Canal Maya, hablando acerca del triunfo de las marchas multitudinarias que él había ayudado a organizar, y que habían resultado en la destitución de un presidente en funciones (y exgeneral), de su vicepresidenta y de buena parte de su gabinete. Estaba frente a la entrevistadora, una joven vestida al uso de las mujeres quiché —corte de azul jaspeado, sujeto por una faja con motivos de niñas tomadas de la mano, huipil rojo con bordados en negro y blanco—, sentado en una silla giratoria que hacía oscilar de izquierda a derecha y de derecha a izquierda continuamente mientras hablaba. De vez en cuando se llevaba un dedo a la nariz, se abstenía de hurgársela, pero se frotaba el puente o la punta, con cierto nerviosismo.

Yo soy un escéptico —decía—. Hace tiempo que me vengo familiarizando con la estupidez humana, que no perdona a nadie, y eso me incluye a mí, por supuesto. Pero es en contra de ella, sobre todo, que tenemos que luchar.

Aplausos.

¿Si me siento orgulloso de este logro? Claro que me siento orgulloso de haber contribuido a sacar del Palacio a una banda de criminales. Pero también del orgullo, del orgullo excesivo, hay que cuidarse. Es uno de los hermanos, de padre y madre, de la estupidez.

Estos días le han dado varios premios por su trabajo de activismo.

No me los dan a mí. Se los dan a la Casa Rosa, que yo represento, nada más.

Usted fundó la casa. Usted la dirige. En otras palabras, usted *es* la casa.

Cuando me pregunto a mí mismo qué soy, me respondo que yo no soy nada. Pero sí, he sido esas cosas, entre otras. En lo que me queda de tiempo, seguiré haciendo mis intentos, sí. Pero en el fondo, soy solo un gran chapucero.

Usted es demasiado modesto. —Esto lo dijo en serio la entrevistadora, mientras movía negativamente la cabeza—. Tendríamos muchas cosas más que preguntarle, pero se nos acaba el tiempo. Gracias por haber aceptado nuestra invitación.

No —dijo Polo—. Al contrario. Gracias a ustedes, *bantiox*. ¿O *mantiox*?

En quiché, *mantiox*. *Bantiox* en kekchí.

*

Al salir del estudio, en un angosto corredor lo esperaban dos amigos diametralmente opuestos en cuanto a ideología, aspecto físico y personalidad: Carmen y Marcos.

Alto y delgado, aunque con una pancita incipiente, pelo largo al estilo setentero, anteojos de grandes aros negros y voz recia, Marcos de la Peña se había adelantado. Hijo de un matemático y una violinista clásica, Marcos era cineasta independiente, fotógrafo y «bloguero anarquista». Entusiasta lector y apóstol de Fernando Pessoa desde la adolescencia, le apodaban *el Pessao*.

Felicidades, mi hermano —le dijo a Polo, y le dio un abrazo de medio lado—. Ya era hora.

La obesidad de Carmen Abado, que cabía con dificultad en el pasillo, databa de su primera infancia. Nieta de militares por las dos bandas (ella decía que entre sus antepasados hubo un insurgente, pero no podía probarlo), hija de una abogada especializada en divorcios y un empresario del café, le decían *Carne Adobada,* o *la Carnita,* a secas. Había sido promotora de turismo, manager de varios grupos de rock, ecologista y relacionista pública. Interrumpió al Pessao para plantarle a Polo un beso tronado en la mejilla.

Quería llevarlo a los estudios de un canal de televisión privado, donde era colaboradora de un programa cultural.

Está en la zona diez —le dijo—. Pero afuera tengo el carro y con mucho gusto te llevo y te traigo de vuelta o te llevo a donde querás ir después.

Polo había quedado ya en ir con el Pessao a una radio comunitaria, donde él dirigía un programa de entrevistas.

Debían ir pronto, dijo el Pessao, echando un vistazo a su reloj de pulsera, que era viejo y enorme. El programa comenzaba a mediodía, y ya eran las once y media.

A ver —dijo Polo, mientras el Pessao se alisaba los bigotes de charro y la Carnita trasladaba su peso de una pierna a la otra—. Hay tiempo para los dos.

Bajaron al primer piso, y en la calle se encontraron con una rosca de periodistas y fotógrafos.

Ni modo —dijo Polo.

Queremos saber cómo piensa poner ese pisto al servicio de la sociedad —le lanzó un periodista de pelo hirsuto y cara lampiña.

¿No tiene miedo, ahora que se ha hecho rico, de que lo secuestren? —quería saber otro.

Hay que pensar en todo, por supuesto —dijo Polo.

El Pessao se abría paso entre reporteros y fotógrafos. Las cámaras y los celulares no dejaban de disparar o de grabar. De pronto estaban frente a la radio. En la pared había un mural grotesco con perfiles de gente maya, mestiza y negra con un fondo de volcanes y milpas. Marcos manipuló a Polo, dándole pequeños empujones en los lomos, para colocarlo frente a la puerta, donde estaba dibujada la silueta de un hombre de pelo largo tras unas barras carcelarias: un principal de la etnia mam, encarcelado hacía más de un año por oponerse a las operaciones de una compañía minera en tierras de su comunidad. RADIO LO VEREMOS, estaba escrito en grandes letras rojas en el dintel. Más arriba: ¡LIBEREN A DON PASCUAL!

Volvemos lueguito —dijo el Pessao por encima del hombro al grupo de periodistas apiñados en la acera, y desapareció con Polo por la puerta.

Qué hostigue —le dijo a Polo—, pero es publicidad. Vamos por aquí.

Atravesaron un patio alargado entre paredes con una pátina de moho verdinegro, siguieron por un corredor que iba estrechándose, y entraron en un cuartito que servía como estudio de grabación, donde había una mesa con una computadora *laptop* y un anaquel de pino con libros de referencia. En el suelo, unos altoparlantes entre líos de alambres y micrófonos. Pegado a la pared frente al anaquel, un cartel de publicidad de la cerveza nacional: de medio perfil, en bikini, pechos y nalgas cubiertos con aceite bronceador, una joven bebe de una botella color ámbar. «¡Está bien buena!», decía la leyenda. En un rincón, un trípode, una cámara Nikon analógica; en el rincón opuesto, un foco de luz de fondo.

El Pessao dejó su libreta de apuntes sobre la mesa. Invitó a Polo a sentarse frente a la computadora, que estaba encendida, y le colocó en la camisa un micrófono de solapa; lo invitó a probar los niveles.

Esto queda para la historia —dijo, y oprimió una tecla para comenzar a grabar.

Polo se rascó la cabeza.

Teatralización de las víctimas —comenzó el Pessao—. ¿Es eso Body Art? ¿Qué decís?

Bueno, sí y no.

¿Podrías elaborar?

Polo se rio. Dijo:

Sí. Pero no ahora.

¿Qué decís de la pornografía? ¿Es Body Art también?

¿Por qué no?

¿Elaboramos?

No me parece que sea el buen momento —dijo Polo—. Es la edición de mediodía.

El Pessao:

Cierto, voy a cambiar el tema.

Siguió una discusión bizantina sobre el efecto de las redes sociales en los movimientos de izquierda del último siglo.

De vez en cuando, mientras Polo hablaba, el Pessao se levantaba para disparar la cámara.

Van a quedar padres. En blanco y negro, claro. Pero cabrón, ¡te estás pareciendo a Darwin!

53

Me han dicho también que me parezco al Padre Pío.

¿A quién preferís, a Darwin o a ese cura?

Depende.

¿De qué?

De con quién esté hablando.

Demasiado ambiguo —dijo el Pessao.

Vos te hacés demasiadas bolas —dijo Polo.

Es para ir dejando en la memoria colectiva algo de todo esto. Es importante.

¿Vos creés que alguien nos esté sintonizando todavía?

Gran entrevista —dijo el Pessao, al mismo tiempo que oprimía el botón de pausa—. Voy a sacarla con la noticia del premio cuando te lo hayan entregado. Ya tengo el título: «Elogio del solo dar y dar». —Soltó una carcajada.

Ese es un chiste racista —dijo Polo, serio—. No me voy a reír.

Después voy a leer un poema. Yo sé que no te gusta mucho lo que escribo, pero bueno.

Te hacés demasiadas bolas —repitió Polo—. ¿Almuerzo?

Eran ya más de las doce y media y Polo sufría ataques de hambre. Salió de la Radio Lo Veremos pasándose una mano por la barriga con movimientos circulares. El número de periodistas había disminuido a cinco o seis. Sugirió que fueran a comer algo antes de la entrega del premio en el Palacio de Correos, que estaba programada para las tres.

Polo conocía los mejores lugares donde comer al mejor precio; sugirió el Mercado Central. La Carnita iba a secundarlo, Polo lo sabía.

Dos de los periodistas declinaron.

Fresas —susurró el Pessao.

Alguien que le oyó dijo en voz alta:

54

¿Fresas? ¡Pero si son lesbianas!

Risas.

Siguieron marchando en comitiva hacia el Mercado Central.

Alguien podría marcar y conectar, en este Centro —decía Polo—, los puntos donde se cometieron los principales asesinatos políticos de nuestra historia urbana, como el de la maestra de escuela María Chinchilla (1944), en la Sexta Avenida y Diecisiete Calle; el de Adolfo Mijangos, legislador (1971), en la Cuarta Avenida y Novena Calle; el del dirigente universitario Oliverio Castañeda (1978), en la Novena Calle entre Quinta y Sexta Avenidas; el de Myrna Mack, antropóloga (1990), en la Quinta Avenida y Dieciocho Calle; el del Obispo Gerardi (1998), en la Sexta Avenida y Segunda Calle... para ilustración de los jóvenes y los turistas.

El ánimo era celebratorio. En verdad, lo de Polo era un colectivo. De haber sido posible —repitió— a él le hubiera gustado más recibir el premio de manera anónima, pero le habían explicado que eso era imposible: el premio en metálico tenía que ser personal. Polo había fundado la Casa y la productora Neurálgica; él había sido su único director, y ninguno de sus colaboradores había, ni de lejos, invertido tanto tiempo y trabajo como él en todo eso.

El Pessao dijo:

No te pasés de modesto, manito, que van a creer que estás buscando más elogios.

La Carnita:

Si quisieras más elogios, aquí estoy para dártelos. Los merecés.

El Pessao, haciendo una mueca de desaprobación, en voz muy baja:

A mamar a otro lado.

Polo rodeó con un brazo el carnoso cuello de Carmen, le besó la cabeza:

Gracias, Carnita.

Atravesaron el Parque Centenario, rodearon la catedral. En el mercado, bajaron al entresuelo, donde los comedores y los puestos de comida competían por los clientes y el espacio, y Polo guio a la comitiva hasta el rincón donde estaba la cocina Mi Cielito, en la que anunciaban especialidades de Atitlán. Una mujer en traje tzutujil atendía.

Todos pidieron mojarras sudadas —un plato tradicional de Atitlán; pescado cocinado al vapor de jugo de limón, acompañado de tomates y culantro.

Un toque especial de Mi Cielito: hierbabuena en lugar de culantro —dijo Polo al sentarse.

Bajaron la comida con cerveza y aguardiente. La Carnita, haciéndose la espléndida, se haría cargo de la cuenta colectiva —anunció.

En aquel oscuro rincón del mercado por la cabeza de Polo cruzaron muchos recuerdos. Viajes a lugares donde nadie hablaba español, donde el cielo y el sol tenían nombres que no era fácil pronunciar; donde los dioses, que hacían y deshacían los destinos de los hombres, eran otros. Amigos convertidos en rivales; rivales convertidos en amigos, celebrando alegremente.

El Pessao levantó su casquito:

¡Salú, compadres! —exclamó—. Que se les vuelva sangre.

Polo temió que, detrás de la palabrería, hubiera una reserva de envidia.

¡Otra ronda! —dijo el Pessao. Y la señora tzutujil repartió por la mesa cervezas y octavos de Venado, limones partidos y sal.

¡Por la inestabilidad de los Estados! —dijo Polo, un dios Baco en jeans y camiseta.

La Carnita le dijo al oído:

No vayas a chupar de más, que el día va a ser largo.

8.

Como acostumbraba, Polo se había despertado aquel día poco después de las seis. Tenía una jornada muy larga por delante, pero sería un día feliz. ¿Feliz? No quería esperar demasiado. Se sentó al filo de la cama, metió los pies en las pantuflas que, por la noche, dejaba en posición; no le gustaba andar descalzo por el piso de azulejos fríos. Se quedó mirando el familiar diseño de círculos, cuadrados y ojivas en blanco y negro.

Se puso de pie y se estiró, pensando fugazmente en el desperezo de los gatos, se pasó una mano por la cara, se acarició la barba, que nunca se había dejado crecer tanto. Le hacía cosquillas en el pecho desde hacía ya unas semanas. Atravesó el corredor y salió a la terraza, donde tenía su pequeña huerta guerrillera: tomates, albahaca, tomillo, salvia y dos o tres matas de cannabis.

Hacía poco más de un mes se había hecho operar los ojos para corregir una miopía complicada con cataratas, y la operación había sido exitosa. El mundo se había convertido en un lugar más limpio y más claro.

A través de los alambres de cuchillas que la propietaria de la Casa Rosa había mandado colocar sobre el parapeto de la terraza, con su nueva visión, Polo alcanzó a leer en la fachada del edificio de enfrente un letrero que decía «Ministerio de Desarrollo Social»; y, en el edificio de al lado, «Capillas Funerarias Fuente de Agua Viva».

Apenas dos semanas atrás habían velado allí a su amigo y colaborador, el arquitecto Aldo Rodó, con quien había cultivado una amistad de varios lustros. Un torbellino de recuerdos lo arrastró con violencia hacia el pasado.

*

Aldo había sido acribillado por un sicario adolescente, pasajero de una motocicleta conducida por una mujer, un sábado por la mañana cuando salía de su casa en la colonia El Zapote, zona dos, no muy lejos de la Casa Rosa.

Hijo de un exitoso arquitecto con ideas progresistas, adquiridas durante sus años de estudiante en Turín, Aldo no había logrado abrirse un camino propio en el complejo y corruptor mundo de la construcción. Su padre había diseñado las sedes de algunos bancos importantes de la región, y de él heredó una cartera de clientes acaudalados, pero no los suficientes para mantener en activo la firma Rodó & Asociados. Sin embargo, había encontrado un campo lucrativo en la instalación de bóvedas de seguridad para bancos menores y personas particulares. Sésamo era el nombre de su compañía, y con este negocio conseguía mantener un tren de vida cómodo, que le permitía dedicarse a *hobbies* como el tenis, la producción de películas artísticas y el activismo social. Con Polo habían colaborado en varios proyectos didácticos para indigentes y en programas para rescatar niñas de las redes de trata de personas. Era uno de los donantes más leales y generosos de Neurálgica y la Casa Rosa.

Unos seis meses atrás, había citado a Polo en su casa a la hora del almuerzo. Era un miércoles. Ni su esposa, maestra de artes plásticas, ni su hija de quince años, que estudiaba en el Liceo Francés, ni la sirvienta estaban en casa aquel mediodía. Aldo había preparado un plato de quesos y jamones y una ensalada, y cuando Polo llegó, a eso de la una, abrió una botella de vino tinto español; Polo lo recordaba muy bien. A media comida, Aldo había confesado:

Estoy metido en un brete que no te podés imaginar. El otro día fue a verme al estudio un tipo que no conocía. Unos sesenta años. Yo pensé que era un dibujante o calculista en busca de empleo, o un vendedor de seguros. Su cara me pareció conocida, pero no puedo decir de dónde. Tenía un encargo que hacerme. Su jefe, que no dijo quién era, necesitaba que le instaláramos una bóveda en su casa, en La Cañada. Traía unos planos, que me enseñó después de advertirme que contaba con mi profesionalismo, mi ética y mi discreción.

Siguió una pausa larga.

Polo había levantado las cejas.

Su cliente era una mujer, o al menos eso me dijo ese don —prosiguió Aldo—. Vive en San Francisco, California. La casa está a nombre de un hijo suyo, menor de edad.

¿Y entonces?

Necesito hablar de esto con alguien. ¿No te importa?

Dale.

Examiné los planos. La bóveda había que instalarla en un subterráneo, debajo del garaje y la sala principal. Pero no era una bóveda como las que solemos instalar en residencias. Querían algo enorme, como para una central de banco. Espacio de sobra para dos carros, Polo. Una locura. Le dije que me parecía un poco excesivo ese tamaño.

Ajá —dijo Polo, porque Aldo había hecho otra pausa, que se prolongaba.

Le pregunté el nombre de la persona interesada, y me dijo que por de pronto no me lo podía decir, pero que era una persona sólida, y sobre todo, agregó, ética y honorable.

Me imagino —dijo Polo.

Dije que iba a pensarlo, pero que tenía que saber quién era la cliente, y este tipo me dice: Claro, arquitecto. Pero no lo piense demasiado, por su propio bien. El nombre no tiene que saberlo, por el bien de todos.

¿Y qué vas a hacer?

No quiero irme a vivir a otro país. No en este momento. Acepté. La bóveda ya está instalada. Me pagó ese viejo, un anticuario. Tiene su negocio no muy lejos de aquí. La Sacristía. Todo, menos la mano de obra, por adelantado. Medio melón. Quetzales, sí. Lo que me tiene mal es que a los dos muchachos que trabajaron en eso, dos de mis mejores albañiles...

¿Sí?

Ayer los mataron.

No me jodás.

Acababan de terminar el trabajo. Llamaron a la oficina para avisarme. Salieron de La Cañada como a las cuatro para tomar la camioneta en Hincapié. Iban a Boca del Monte, donde vivían. Tres asaltantes, según la prensa, subieron a la camioneta a la altura de Santa Fe. A punta de pistola le quitaron el pasaje al piloto y desplumaron a la gente. Mis muchachos llevaban la paga del chance en efectivo. Diez mil quetzales entre los dos. Tal vez se resistieron. Les metieron un tiro en la cabeza a cada uno. Nadie hizo, nadie pudo hacer nada. Todavía no puedo creerlo. Los iban siguiendo, ¿qué creés?

Fijo —dijo Polo. Y luego—: ¿Pero qué se puede hacer?

Aldo guardó silencio otro rato antes de decir:

No sé si sea posible hacer algo. Pero tenía que contártelo.

Se me está ocurriendo —dijo Polo— algo que podríamos hacer.

¿Qué?

Entrevistas con las viudas de tus albañiles, con sus colegas. Podríamos averiguar un par de cosas, sin comprometernos demasiado.

9.

Regó las plantas, cortó algunas hojas secas de las tomateras, se inclinó sobre las plantas de cannabis y aspiró su olor. El cielo estaba despejado y desde el parque del Conservatorio, en la esquina calle arriba, llegaba el griterío de los pájaros.

Volvió a estirarse, comenzó a hacer su gimnasia matutina. Debía perder unas libras. Quince, por lo menos, le había dicho su médico dos o tres semanas atrás. Iba a sentirse mucho mejor si lo lograba. No es que se sintiera mal últimamente, solo un poco escaso de energías.

Sus exámenes preoperatorios mostraban que no había motivo de aprensión, excepto el sobrepeso. Menos azúcar, menos grasas, le había dicho el médico. Los niveles de insulina estaban al límite; no había que alarmarse, pero era mejor precaver. Su páncreas lo agradecería. Ácido úrico: normal. Lo mismo el colesterol. Era la barriga lo que le impedía llevar las puntas de los dedos de sus manos hasta las puntas de los pies. Sus muslos eran todavía bastante flexibles. No por nada había caminado tantos caminos, de aldea en aldea, de caserío en caserío, por el interior, la costa y el altiplano. Podía jactarse de haber nadado en todos los ríos y lagos de la pequeña república; de haber escalado sus veintitantos volcanes, activos o no; de conocer todas sus bellezas (o casi) pero también todos sus males. En realidad, sin falsa modestia, se merecía los premios que iban a entregarle en esos días. Pero también era cierto que no le habría molestado permitir que otro los recibiera en su lugar, en nombre de la Casa Rosa y de Neurálgica.

Desde su cuarto llegó el sonido, *in crescendo,* de su celular. Reconoció el número. Era su hermano mayor, Juan Carlos, a quien no veía en casi un año.

Hola, Polito. Espero no haberte despertado.

No. ¿Qué hay?

Llamo para felicitarte. Muy merecido, ese premio.

Más que merecido, mi hermano. O esos premios, ¿no? ¿Cuántos son?

*

Despedía un olor a loción cara y sus zapatos negros y bien lustrados rechinaron sobre el suelo de azulejos. Vestía un traje de dos piezas color marrón, camisa blanca y corbata naranja. Estaban cerca del bar.

Siempre había admirado a Juan Carlos, cinco años mayor que él. De figura espigada, más parecido a su padre que a su madre. Barba y bigote bien cortados. ¿Pero se los pintaba?

Tengo una junta en el Congreso dentro de una hora. ¿Me invitás a una taza de café?

Claro.

En un ángulo del techo había una cámara de vigilancia; una lucecita roja indicaba que estaba encendida. El hermano dijo, mirando a la cámara:

Eso me parece muy bien.

Dio las espaldas a la cámara.

Para ocultar las acciones —dijo, y miró a su alrededor. Sacó su iPhone 7, lo apagó. Usó un palillo de dientes para sacarle el chip, lo dejó sobre la mesa.

Just in case.

Volvió a felicitar a Polo por los premios.

Polo preguntó cómo iban las cosas en el Congreso aquellos días.

Estaban viendo unas propuestas de reformas a las leyes de tenencia de tierras comunales y el uso de las fuentes de agua en la legislación maya...

Eso es bueno —dijo Polo.

Bah, lo de siempre, hermano.

Pero Polo no le creía. La cascada de escándalos que había descalabrado al último gobierno, una cascada que Polo y sus colaboradores habían ayudado a precipitar, había, inevitablemente, afectado la estabilidad económica, profesional y familiar de su hermano. El partido al que había pertenecido desde su fundación había dejado de existir, el banco del que fue director había entrado en quiebra, sus dos hijos varones, que estudiaban en los Estados Unidos, se habían visto obligados a volver.

Estamos formando un nuevo partido y eso va muy bien. Como vos bien sabés, todos los que están en la jugada ahora mismo están podridos.

Él asintió, no dijo nada.

¿Sabés? Vine a hablarte porque tu teléfono y el mío están pinchados, seguro. En estos tiempos es solo cuestión de rutina. Se están pasando bastante, los de la Comisión. Lo que están haciendo no es muy legal que digamos, y lo saben. Pero les pela. ¿Qué se creen? ¿Eliot Ness?

Polo volvió a asentir.

No estás muy comunicativo. —El hermano mayor se sonrió.

Estoy esperando a que haga efecto ese café —protestó Polo.

El hermano dirigió una mirada rápida a la cámara a sus espaldas, y luego:

Estoy un poco preocupado. Por vos. Has encabronado a mucha gente. Con toda la razón por tu parte, eso sí. Pero es muy peligroso... Abrir tantos frentes, hacerte tantos enemigos poderosos. Vos lo sabés.

Polo lo sabía.

Las hidroeléctricas, las mineras, las constructoras... Los estás jodiendo a todos. Se está alzando el avispero y ahora, con esos premios, te ponés en la mira.

¿Y qué voy a hacer?

Tomate unas vacaciones.

Sí. (Queriendo decir no.)

Una llave entró en la cerradura de la puerta de la calle. Era Pamela Vergara, la chica española que desde hacía un par de meses ayudaba a Polo con el bar. Ocupaba un cuartucho de servidumbre en la terraza del segundo piso, y recibía allí a sus numerosos amantes. Uno, al que apodaban el Cobra, se había vuelto el más asiduo. A Polo le caía muy bien, y esperaba convertirlo en colaborador de la Casa Rosa. Ya había trabajado *ad honorem* en un par de proyectos, en su tiempo libre. Era salvadoreño y, por lo tanto, poco prejuicioso —decía Pamela, que lo estaba adoctrinando— y muy trabajador. Había estado en la cárcel un par de veces, en El Salvador, le había contado a Pamela. Pero había dejado atrás su vida criminal. Lo único malo era que estaba casado y tenía un hijo de tres años. Una belleza, el niño. La mujer era una bailarina de *table* hondureña que no se enteraba de nada.

Juan Carlos la saludó, la examinó de pies a cabeza con aprobación.

Se puso de pie, y usó el cuerpo otra vez como pantalla para tomar su teléfono y volver a ponerle el chip.

Se quedó un rato mirando a la españolita, que movía trastes detrás del bar. Le dirigió a su hermano una mirada cómplice. Dijo:

Esta es la buena vida, hermano. Cada vez estoy más convencido de que equivoqué la carrera —suspiró.

Polo lo acompañó a la calle.

Se dieron un abrazo más bien frío.

Tené mucho cuidado, hermano. Las aguas están revueltas. Mucho muy.

Polo asintió, pensando en la muerte de Aldo; recordó el robo de la computadora...

Pamela estaba cortando una manzana en pequeños trozos, mientras esperaba a que hirviera el agua para preparar una olla de avena. La hora de los desayunos en la Casa Rosa estaba por comenzar.

Polo dejó en el lavaplatos la taza que había usado su hermano; se sirvió la segunda y le agregó leche y azúcar. Tomó una de las champurradas que Pamela había traído de la panadería, subió al segundo piso, y se detuvo frente al escritorio donde había estado su computadora.

Su hermano tenía razón: habían alborotado demasiados hormigueros.

10.

Hacía dos meses, un domingo por la tarde, cuando la Casa estaba cerrada, alguien había forzado la puerta para entrar a robar. Habían tomado el poco dinero que guardaban en la caja chica, mal escondida detrás del bar, y una de sus computadoras, una vetusta Hewlett Packard de escritorio, donde almacenaba buena parte de su archivo fílmico.

Masticando lentamente la champurrada, se quedó mirando la mesa en el lado opuesto del cuarto y el lugar en el suelo ocupado hasta el día del robo por la torre de memoria. El tomacorriente de protección contra sobretensiones seguía ahí.

Unos veinte años de memoria, pensó. Durante los primeros de esos veinte hizo pocas copias de seguridad, y lo lamentaba.

Igual que el día en que se produjo el robo, ahora, mientras tragaba con dificultad el último bocado de champurrada, se sintió arrastrado en una espiral de paranoia.

Se vio a sí mismo llegando al Ministerio Público, haciendo cola frente a una de las ventanillas para presentar la denuncia; mostrando documentos; citando las cantidades de dinero faltante, describiendo la computadora.

Después había telefoneado a Aldo, con quien había estado en la fiesta de cumpleaños del Pessao la noche del robo, y quien había insistido en la pertinencia de colocar en la Casa Rosa un circuito cerrado de cámaras de vigilancia.

Ahora que la Casa Rosa iba a servir como enlace entre los organizadores de las marchas de protesta contra el gobierno y los donantes de fondos del extranjero, parecía necesario, había dicho Aldo.

Al día siguiente, los trabajadores del estudio de Rodó & Asociados estaban en la Casa Rosa tendiendo cables, fijando cámaras en distintos ángulos en los dos pisos, haciendo pruebas, y enseñando a Polo y sus colaboradores cercanos el funcionamiento de las cámaras y los procedimientos para monitorear y hacer grabaciones, para borrar material superfluo y hacer copias de seguridad.

*

Sentado en un rincón a la mesa principal de Mi Cielito, mientras los demás hablaban ruidosamente o devoraban su comida, se vio a sí mismo como en un sueño diurno mirando aquel espacio vacío donde había estado la torre de memoria. Y ahora los recuerdos parecían provenir de aquella caja negra que guardaba los archivos de la Casa y de Neurálgica, filmados casi todos por él mismo a lo largo de tantos años.

Los colores del mercado que veía desde su rincón (las flores a la venta en un puesto entre los comedores, los trajes de las mujeres mayas que atendían las mesas, la luz de neón sobre una carnicería en el fondo del corredor) se combinaron en el cerebro de Polo con los colores de un atardecer en un valle del altiplano. Pero la luz recordada iluminaba otra clase de carnicería y los colores eran los de los trajes de campesinos muertos durante un desalojo neoliberal, que fue el primero que documentó, hacia 1996, hacia los inicios de la supuesta paz local. Siguió el recuerdo de una ceremonia maya en Samayac, tierra de brujos, donde se le rinde culto a Maximón, supuesto protector de prostitutas y ladrones (que no hay que confundir con San Simón, el de los anticuarios). Prolongadas tomas de una manifestación de colectores kekchí de café o de cardamomo en Alta Verapaz. LOS RICOS TIENEN QUE IRSE DE ESTA TIERRA, decía el cartel que un principal kekchí, con un pañuelo que le cubría media cara, exhibía ante la cámara. *Esta tierra es nuestra.* Una huelga de estudiantes universitarios. Entrevistas con choferes de autobuses; con sindicalistas; con los dirigentes de un movimiento radical autonomista en territorio chuj. Discursos de políticos, de militares, de disidentes. La cara de Aldo muerto al timón de su carro, atravesado en la acera de la calle frente a su casa, a la vista de su esposa y de su hija y la sirvienta, pensó Polo.

11.

¡Sale otra ronda! —exclamó Simón, el poeta okupa, muy delgado y un poco jorobado, moreno, con pelo negro atado en cola, labios gruesos y dientes prominentes, que se había unido tardíamente al círculo de camaradas en Mi Cielito.

No para mí —dijo Polo, saliendo de sus cavilaciones; ya eran casi las tres—. Tengo que ir por ese premio.

Después de discutir un momento con la Carnita, que insistió en hacerse cargo de la cuenta, se levantó de la mesa y se despidió con un saludo general. A sus espaldas, oyó la voz del Pessao, que estaba adoctrinando a uno de los recién llegados.

Toda forma de arte es vanidad, manito —decía—, no te confundás.

Te alcanzamos más tarde en el Palacio —gritó alguien—, ¡y después vamos a cobrar el chequesón!

La Carnita y otro reportero, a quien Polo no conocía, lo siguieron por el laberinto de olores y colores del mercado, y salieron a la calle por la parte trasera de la catedral, cuyos muros estaban impregnados de orines y donde el olor a excrementos era intenso.

Como corresponde a cualquier trasero, hasta al de la catedral —bromeó la Carnita.

Polo pensó en hacer algún comentario acerca del de su voluminosa amiga, pero se abstuvo.

¿Y quién sos vos? —le preguntó la Carnita al reportero desconocido, un jovencito cachetón de estatura mediana que vestía pantalones caqui de cintura muy baja y una camiseta negra de *The Book of Souls*. Se llamaba Hilario Conde. Trabajaba para *AntiPoder,* la revista de ultraderecha neoliberal, cuyo director y propietario (al mismo tiempo que ministro de Energía) estaba en fuga, tal vez en México, acusado por la Comisión Internacional Contra la Impunidad por lavado de dinero y conspiración. Destituido del cargo público, acababa de renunciar a la dirección de la revista. Un tío de Hilario —como él mismo explicó— había asumido la nueva dirección.

Por su parte, Hilario era propietario y director de una pequeña agencia de publicidad.

¿Sus clientes principales?

Los cerveceros, los cementeros, los mineros.

La Carnita preguntó el nombre de la agencia.

Mandala —dijo el jovencito.

¡A la verga! —exclamó Polo. Y le preguntó a Hilario con su típica franqueza—: ¿Y no te da vergüenza?

El jovencito se ruborizó.

Un poco —dijo.

¿Te mandaron a cubrir el premio? —quería saber la Carnita.

Hilario lo negó.

Tenía amigos en la Casa. Era un fan del trabajo de Polo. Estaba allí por iniciativa propia. Los reporteros de *AntiPoder* tenían toda la libertad para escoger los eventos que cubrían. Que luego los publicaran era harina de otro costal, les dijo.

*

Llegaron al Palacio de Correos a las tres. Varios agentes de seguridad, hombres en trajes oscuros, estaban apostados a las puertas. Una mujer con peinado de bola, la maestra de ceremonias, se acercó a Polo y le pidió que la acompañara al frente. La ceremonia iba a comenzar.

El director de la ONG premiadora, el secretario y el tesorero hablaban en voz baja detrás del podio. El cuerpo diplomático y la prensa oficial llegaron casi al mismo tiempo. El corrillo que se había rezagado en Mi Cielito tardó un poco más.

El director de la ONG dijo unas palabras, bastantes palabras, demasiadas palabras, y el secretario y el tesorero las repitieron casi textualmente. Elogiaron el trabajo a lo largo de los años de la Casa Rosa y de Neurálgica. Polo, emocionado, dio las gracias con voz entrecortada. Se le humedecieron los ojos y se calló.

Disculpen —dijo—. No voy a hablar más.

El secretario de la ONG exhibió ante el público un cheque de caja por cien mil quetzales a nombre de Polo Yrrarraga. Podía ser cobrado a partir de ese momento, explicó al entregárselo.

Aplausos. Un brindis junto a una mesa larga con mantel blanco cubierta de bebidas y bocadillos, colocada a lo largo de una pared. Los diplomáticos y los funcionarios fueron esfumándose uno tras otro.

Poco más tarde, Polo se encontró rodeado solo por sus amigos y colaboradores más cercanos, que sumaban la docena. La Carnita le pidió un momento aparte. ¿Podía acompañarlo a la entrevista para el Canal AdAstra, en la zona diez?

Vamos —dijo Polo.

La Carnita lo acompañó hacia la salida del Palacio.

Acababa de hablar con una amiga alemana, otra fan de Polo. Había organizado una pequeña fiesta para celebrar el premio. Todos los presentes estaban invitados, iba diciéndole.

*

Camino del Canal AdAstra en el Renault eléctrico de Carmen, Polo sugirió que se detuvieran en una agencia de Banrural, un banco del gobierno y accionistas particulares, donde la Casa Rosa tenía una de sus cuentas.

Polo entró en el banco, y se alegró al ver que la cola de las cajas de pago era corta. En verdad no se merecía aquel premio. Y sin embargo, lo alegraba tanto.

Se cubrió el ojo derecho con una mano, y alcanzó a leer el calendario detrás del primer cajero (12 de abril), algo que no había podido hacer con ese ojo unos meses antes, cuando fue a depositar el cheque con el que había pagado la cara y exitosa operación. Los colores eran más vivos y un poco eléctricos. Se descubrió el ojo derecho, se cubrió el otro con la otra mano. Verificó el ligerísimo cambio de ángulo y perspectiva, y un cambio también muy ligero en la coloración.

Debe acostumbrarse al cambio —le había dicho el oftalmólogo—. Es natural. El lente artificial que le puse en lugar del cristalino dañado es de hecho un lente superior al original, y más transparente. Ve los colores en estado puro. Sin el filtro de la carne, digamos. —Se rio—. Con el tiempo, no va a notar la diferencia.

Es un poco molesto, por ahora —se había quejado Polo.

El médico se encogió de hombros y se levantó de su silla para dar por terminada la consulta, mientras le decía a Polo que quería examinarlo tres meses más tarde, que le pidiera una cita a su asistente.

*

Llegó su turno y el cajero le hizo señas para que pasara. Al poner el cheque en el contador frente a la ventanilla, tomó una decisión inesperada. En lugar de depositar el monto completo en la cuenta de la Casa, pidió la mitad en efectivo.

Billetes de doscientos —le pidió al cajero—, si los tiene.

El cajero, sin alzar los ojos para mirarlo, asintió; se puso a contar los billetes con notable habilidad. Billetes nuevos y crujientes, perfectamente limpios. Hacía tiempo que no oía aquel sonido, que ahora le pareció reconfortante.

Nos vienen siguiendo —dijo la Carnita con expresión preocupada cuando tuvieron que detenerse en un semáforo al salir del estacionamiento del banco.

Detrás de ellos, dos automóviles por medio, estaba un jeep Samurai con vidrios polarizados. Era el carro de la Casa. Los amigos de Polo, amontonados dentro del jeep, sacaron las cabezas.

¡Ahí te das algo, Polo! ¡No nos olvidés! —le gritaban.

Tranquila —dijo Polo—. Son aquellos.

*

La entrevista tuvo lugar en un edificio alto y moderno. La fachada con balcones de metal blanco y grandes vidrieras de tono aguamarina recordaba una embarcación de lujo. A Polo no le gustaba el edificio. Se lo dijo a la Carnita:

De saber que era aquí, no vengo.

¿Se puede saber por qué?

No le contestó; pero todo el mundo sabía que el lugar estaba habitado principalmente por empresarios jóvenes hijos de papá, funcionarios diplomáticos, financieros y narcos. Un capo de origen colombiano había sido asesinado en uno de los elevadores pocos meses atrás.

A la vista de varias cámaras de vigilancia, un portero uniformado a la inglesa los dejó pasar y les indicó un escritorio donde era necesario identificarse. Un guardia de seguridad entró con ellos en el elevador. De traje negro, corbata negra, camisa blanca, muy fornido, corte de pelo militar, se adelantó a oprimir el botón del piso veintitrés. Polo le dirigió una sonrisa y le dio las buenas tardes, pero el guardia no se dio por enterado. La barba de patriarca, la potente barriga, el aspecto descuidado de Polo no podían ser de su agrado.

En el estudio, un apartamento dúplex con vistas al nuevo corazón financiero de la ciudad, una jovencita muy maquillada y perfumada invitó a Polo a sentarse a una mesa redonda de acero inoxidable, adornada con un florero de cristal y una orquídea artificial. La jovencita le aplicó polvos antibrillo en la frente, en la calva, las mejillas y la nariz. Le preguntó si le importaría ponerse una chaqueta, que le prestarían para ocultar, explicó, las manchas de sudor que Polo tenía bajo las axilas. Las tenían de varias tallas. Polo se rio y le dijo que no, muchas gracias.

La entrevistadora resultó ser una joven mexicana con un fleco hasta las cejas y, como su asistente, muy maquillada y perfumada.

Nada sabía acerca de la vida de Polo, salvo que le habían dado esa tarde un premio de cien mil quetzales por su trabajo como activista social. Le pidió a Polo que explicara a la cámara en qué consistía su trabajo.

Bueno —dijo Polo—, me dedico, nos dedicamos, a hacerle la vida menos fácil a cuanto explotador, finquero o industrial, funcionario de gobierno, banquero corrupto o minero inescrupuloso, y otra gente de esa clase, se nos atraviesa en el camino.

La mujer se ruborizó. Las orejas, donde no había maquillaje, la delataban.

Muy interesante —atinó a decir—. Pero dígame, ¿qué piensa usted del llamado tsunami judicial que estamos viendo levantarse en el país?

Polo se acarició la barba, miró al techo, volvió a mirar a la entrevistadora.

Es complicado. Nos dicen que el sistema judicial está podrido. Que el noventa por ciento de los abogados y los jueces en activo hoy en día son corruptos. Y sin embargo les seguimos encargando la tarea de hacer justicia. Se producen todos esos arrestos sin precedentes. Justa o injustamente, encarcelan todos los días a empresarios millonarios y mafiosos, lo que está muy bien, y a autoridades mayas acusados de terroristas, lo que está muy mal. Los millonarios dicen que si no pagan mordidas a los funcionarios, quiebran. No consiguen que el Estado les pague deudas viejas. No consiguen nuevos contratos. No habrá más empleos, sus familias y las de sus empleados se morirán de hambre. Los mayas explican que no quieren que los mineros saqueen sus tierras, que son propiedad comunal desde *antes* de la colonia. Las compañías mineras compran la protección del Estado, invaden las tierras de indios, como les dicen ellos, a punta de fusil, con el ejército. Y a los indios que se defienden pacíficamente los meten en la cárcel, con la ley en la mano, tildándolos de terroristas. ¿Pero quiénes van a decidir, caso por caso, cuándo la defensa es legítima y cuándo no?

Magistrados que probablemente son corruptos. Claro. Tenemos mucho que aprender del sistema de justicia maya, o de los sistemas, que son varios. Funcionan muy bien, pésele a quien le pese. El trabajo de juzgar se hace *ad honorem,* en el sentido más estricto. Los casos de corrupción entre las autoridades mayas son prácticamente inexistentes, como usted sabe. Funcionan de manera rotativa, en ciclos de un año, como todos los trabajos comunales, desde el cuidado de los caminos y los cementerios hasta el control del agua comunal y la organización de las fiestas. Así, quienes ejercen como jueces se cuidan mucho de ser justos, porque saben que tal vez a alguien a quien ellos juzgan hoy le tocará juzgarlos a ellos el día de mañana. ¿Me entiende?

¿Cómo ve nuestro futuro, entonces?

Al terminar aquí —dijo— vamos a una fiesta. Usted está cordialmente invitada.

La mujer, un poco confundida, le pidió a Polo la dirección.

Polo se la dio, y, mirando a la cámara, la extendió al público en general.

Cuando estuvieron de nuevo en el auto eléctrico de la Carnita, ella le dijo:

Estás loco, querido. La casa de aquella es grande, pero no tanto.

Pero Carnita, ese programa no lo ve ni Dios —contestó Polo—. De todas formas, por si acaso, vamos a comprar el guaro. No te preocupés. Aquí no más hay una Pirámide. Lo voy a pagar yo.

Qué jodés, mano —le dijo la Carnita.

Él se rio y dijo que era cierto, mientras pensaba que ella no podía entender el doble sentido que esa frase tenía para él, gran masturbador.

12.

El tráfico a aquella hora de la tarde era denso. A vuelta de rueda, se alejaron del edificio Ática, calle Real abajo hacia el supermercado La Pirámide. En el semáforo a la entrada de la colonia Oakland, Polo extrajo un billete de los del premio para dárselo a un niño malabarista que mantenía en el aire unas naranjas magulladas.

¡Dios lo bendiga, don! —le gritó el niño, y se guardó el billete rápidamente, tal vez pensando que su benefactor se lo entregaba por equivocación, pues los billetes de doscientos se parecían mucho a los de veinte. Se escabulló entre las filas de autos para desaparecer.

Cada acción (buena, mala o neutra) tenía consecuencias insospechadas, incontrolables, sin que la intención del actor importara, aparte de cómo esa acción podía afectar su mundo interior. Era inevitable que, como simple eslabón de la cadena del ser, como decía el Pessao, fueras constante, intermitentemente, víctima o cómplice, reflexionaba Polo. Había dado una limosna generosa a un niño que sin duda era víctima de alguna de las mafias que explotaban a los miles de menores desamparados que pululaban por la ciudad, y así, además de aplacar su mala conciencia, ayudaba a medrar a aquella clase de mafias.

La Carnita:

Ya viste, vos también, ahora mismo, vas a poner tu granito en el caudal de nuestros queridos oligarcas!

A veces hay que salpicar, eso es seguro —dijo Polo—, y dónde cae la salpicadura es algo que no se puede controlar. Yo no puedo, al menos.

Los dueños del supermercado, una rancia familia de rancia fortuna, no eran el tipo de gente que a Polo le agradara ayudar a engordar, pero esta vez iba a hacerlo sin reparos. Su capital, invertido muy diversamente, se beneficiaba en casi todos los sectores, desde el agrícola, pasando por el de servicios y finanzas, hasta el industrial y el extractivo. Su marca, La Pirámide, era emblemática del *statu quo* nacional.

La Carnita detuvo el auto en el extremo oriental de un amplio lote de estacionamiento, a pocos metros de la puerta de cargas y descargas del hipermercado. Un grupo de maceguales (la base de la pirámide) uniformados con gabachas color naranja, botas de caucho rojas y redes para el pelo, bajo la vigilancia de varios guardias de seguridad cuyo aspecto, salvo el uniforme, no era distinto del de los cargadores, transportaban cajas llenas de verduras del camión a las vastas bodegas del hipermercado, donde desaparecían bajo el logo triangular de La Pirámide en un resplandor de luz de neón.

Empujando una carretilla de compras, Polo, seguido por la Carnita, se dirigió al área de licores. Cargó la carretilla con varias botellas de whisky, ron, vodka, ginebra y vino tinto y blanco. A petición de la Carnita, agregó tres botellas de *prosecco,* la bebida favorita de la amiga alemana en cuya casa iban a celebrar.

13.

Era una elegante casa de dos pisos con chimenea y un jardín donde florecían naranjos y limones.

Eso pesa mucho —dijo la anfitriona alemana al ver a Polo entrar en la casa con dos cajas de bebidas alcohólicas.

Alta y musculosa, era una de esas raras personas que detrás de la fachada sonriente tienen un corazón generoso. *La Valkiria,* como le decían, había sido campeona de lucha libre en Bremen y se había retirado hacía poco en Tapachula, donde practicó el deporte algunos meses, hasta que descubrió su vocación de productora de documentales sobre mujeres oprimidas, y cruzó la frontera.

Polo y la Carnita eran los primeros en llegar. Se ofrecieron para ayudar a la anfitriona con los últimos preparativos para la fiesta.

Si me paso de copas podemos quedarnos a dormir aquí, y mañana sudamos la goma en el temascal —dijo la Carnita, indicando el baño de vapor estilo maya que estaba más allá de la cocina; era una pequeña cúpula de piedra a ras del suelo, con una compuerta para introducirse y un fogón de leña en la parte trasera.

No jodás —le dijo Polo—. No cabemos allí.

Comenzaron a llegar los invitados y la casa se fue llenando de toda clase de gente. El prosecco se acabó y luego el vino y los licores fluían sin interferencia. Y como era característico de las reuniones donde Polo era el elemento aglutinador, uno podía pensar que había llegado el proverbial momento en que los lobos podían mezclarse con las ovejas, y al mismo tiempo presentir que por ahí debía de andar alguna víbora.

La novia de la Valkiria acababa de entrar. Era una hidrocálida que, de la mano de la alemana, comenzaba a abrirse camino como entrevistadora. La Carnita la presentó: la incomparable Fricka Díaz.

¿Qué está haciendo esa pendeja aquí? —quiso saber la recién llegada, refiriéndose a la presentadora de televisión, que, para sorpresa de Polo, había tomado en serio su invitación.

Sin darse por aludida, la presentadora le decía a Polo:

Usted tiene mucho mérito. Lograr lo que ha logrado, rodeado de gente así.

Poco después se despidió.

Polo apartó a sus amigos responsables de la recaudación del dinero que sirvió para pagar su operación de cataratas, meses atrás.

Un tucún para la buena suerte —dijo, y los cuatro bebieron.

Por el más chingón de los chingones —dijo el Pessao.

Para comprar equipo. Cámaras, grabadoras y, sobre todo, memorias —dijo Polo, mientras repartía billetes—. Diez mil por cabeza. Cuéntenlo, que para eso lo hicieron, huevones —se rio.

Sos un Sileno moderno —le dijo el Pessao—. ¿Sabés quién era?

Vale verga —dijo Polo, ya un poco borracho. Alzó su vaso—. Otro tucún. ¡Por la inestabilidad de los Estados! —exclamó.

Algunos habían fumado cannabis. Otros inhalaron cocaína.

La anfitriona se retiró a su dormitorio con su novia. La Carnita, cuando la casa ya iba quedando vacía, condujo al laureado hasta el cuarto de invitados, en el segundo piso, y se metió con él en la cama, que era alta y enorme.

King size —dijo con satisfacción, mirándose, más allá de la enorme barriga, la punta de los pies, que movió de un lado para otro alegremente debajo de las sábanas, suaves y muy blancas.

IV. *Tityus discrepans*

14.

Al llegar aquella noche a la Casa Rosa lo que le llamó la atención fue una sensación de vacío. La calle, cuando cerró la puerta a sus espaldas, estaba desierta. La luz de un poste de alumbrado, turbia y amarillenta, entraba por las ventanas de vidrio esmerilado sin limpiar desde hacía meses, o tal vez años. Las sombras del enrejado se proyectaban sobre el piso de azulejos y formaban una red de rombos irregulares. Atravesó el pequeño patio, donde estaba el bar hechizo con sus mesitas de café, que los meseros habían dejado sin limpiar. Había servilletas sucias y pajillas esparcidas por el suelo. Varias cucarachas se escurrieron sobre los azulejos hacia la zona de sombra debajo del bar. Sin encender ninguna luz, apoyándose en el pasamanos, comenzó a subir por las escaleras al segundo piso, rozando con un hombro unos carteles pegados a la pared, que no leyó, pero que conocía:

«Resiste por el derecho a la vida».

«Resiste. No uses Facebook.»

«Resiste. No hagas nada.»

Arriba, se asomó al primer dormitorio por la puerta entreabierta, llamó en voz baja:

¿Polo?

Sabía que podía estar siendo observado y tal vez grabado desde que cruzó el umbral, al pasar por el pequeño patio con las mesas sin levantar y al subir por las gradas al segundo piso. Así que, sin alzar los ojos hacia ninguna de las cámaras, anduvo y actuó tan naturalmente como pudo.

Entró en el dormitorio, cerró la puerta a sus espaldas. Alargó una mano para encender la luz, una bombilla desnuda que colgaba del cielo raso. Metió la mano en el bolso frontal del sudadero con capuchón que era su atuendo usual cuando estaba franco, y se quedó un momento de pie en el centro del cuarto, mirando a su alrededor. Los postigos de madera picada de una de las ventanas estaban abiertos, pero nadie podría verlo, aunque hubiera alguien en el patio. La pátina de polvo y suciedad era suficientemente espesa. Aquí, comprobó con alivio, no había cámaras. La cama de Polo, pegada a una pared, estaba deshecha, una almohada en la cabecera, otra tirada en el suelo junto a un rimero de papeles: volantes y panfletos antiminería, antihidroeléctricas, antipetroleras, antiarmas de fuego... Las sábanas, no muy limpias, y una manta de lana de Momostenango, hechas una pelota, estaban al pie de la cama. Frente a un armario de ropa con puertas desvencijadas había una fila de zapatos y botas de campo viejas y maltratadas. En una pared colgaban carteles de películas nacionales sin presupuesto de cineastas de la izquierda local, o de películas extranjeras. Contra la pared de enfrente, una mesa de pino rústica: un cenicero sin colillas pero repleto de chinches y alacranes de metal, un libro de simbología pseudomaya, unas llaves de memoria digital, un bolígrafo Bic. Junto a la mesa, una silla de respaldo recto, también de pino rústico, que servía de mesa de noche; un calzoncillo viejo colgaba de un lado del respaldo y una mochila marca JanSport del otro. En un rincón, más allá del armario, había un rimero de máscaras de plástico: la cara blanca y sonriente de Guy Fawkes. En otro rincón, una caja de cartón llena de impresos con la consigna antipresidencial: «Tito, cerote, te toca irte al bote».

Con su *smartphone* tomó varias fotos del cuarto. Luego fue a sentarse al filo de la cama, y se sacó del bolso de canguro una cajita de madera de puros nicaragüenses marca Flying Pig. Con mucho cuidado, descorrió la tapa y miró dentro. En lugar de los doce habanos gordos y recortados, ahí había seis cajitas de plástico con respiraderos y, dentro de las cajitas, seis escorpiones de distintos tamaños. Los observó un momento. Estaban como congelados, inmóviles dentro de sus cajas. Se levantó y puso la caja de puros, abierta, sobre la mesa de pino. Fue hasta el armario y tomó de un estante un par de calcetines limpios y debidamente doblados (obra de doña Berta, señora de la limpieza de la Casa Rosa). Desdobló los calcetines y volvió a la mesa. Sacó del bolso del sudadero un guante de albañil y se lo puso. Tomó una de las cajitas y, con la mano enguantada, tomó el escorpión que estaba dentro para meterlo en un calcetín, que volvió a doblar junto con el otro, intentando igualar el trabajo de doña Berta. Devolvió el par a su estante en el armario y regresó a la mesa por otra cajita, otro escorpión. Se acercó a la fila de calzado, tomó una bota de montaña, en cuya suela había todavía restos de lodo seco, un limo rojizo, que, pensó, probablemente provenía de Chinajá, la sierra hacia el norte de Cobán, donde Polo, como él supo por Pamela, había estado de gira unos días antes en una campaña antiextractiva. Dejó caer dentro otro escorpión, y con una mueca de disgusto al percibir el fuerte olor de pies del moderno Quijote con cuerpo de Sancho Panza, dobló hacia adentro la lengua de la bota. Volvió a la mesa por el tercer escorpión, que colocó en la cama, en medio del lío de ropa. Este era un alacrán pequeño, de color más claro que los otros. Cayó panza arriba, una panza color vinagre. Se volvió, apoyándose en la cola, y se escurrió hacia un doblez de las sábanas. Con cautela, él estiró las sábanas y las acomodó sobre la cama para dejar bien oculto al pequeño guerrero. El cuarto escorpión, de color negro azabache, fue a parar dentro de una pantufla de franela sintética, muy apestosa; el quinto, a un cajón de una cómoda lleno de ropa interior; y el sexto, ya como al descuido, lo dejó caer entre el colchón de la cama y la pared.

Salió a la terraza. Más allá de la huerta guerrillera estaba el cuchitril de Pamela, donde solían pasar tardes domingueras de placer carnal. La puerta estaba, como de costumbre, abierta. Encendió la luz —otra bombilla desnuda— y fue hasta el armario y movió las vestimentas de la española, colgadas apretadamente en perchas de alambre. Descolgó una chaqueta de béisbol de su propiedad y se la puso sobre el sudadero. Una posible coartada.

La calle seguía desierta y silenciosa. Cerró la puerta y se fue caminando por la acera hacia el sur. En una esquina calle abajo, un travesti pequeño y rechoncho con peluca pelirroja, minifalda y blusa rojas, esperaba clientes recostado contra una pared. «Hola, hermosura», dijo cuando él pasaba. El maquillaje, espeso y mal aplicado, no llegaba a esconder el vello facial, y un fuerte olor a perfume de mujer lo envolvía. Él siguió andando. «¿Qué hora es, cariño?», dijo el travesti a sus espaldas. La voz y la figura recordaban a un amigo de don Emilio, también anticuario, pero este no podía ser don Federico, pensó.

Dos calles más abajo dobló a la izquierda y pasó al lado de un trío de travestis tan perfumados como el anterior. Volvió a doblar, ahora a la derecha, hacia el sur de la ciudad, y a media cuadra se detuvo frente a un portón de madera con un letrero rococó: «La Sacristía. Arte y Antigüedades Coloniales». El poste de la luz en la acera de enfrente no funcionaba y esa parte de la calle estaba muy oscura. Golpeó cinco veces con los nudillos —dos golpes, una pausa, tres golpes más— y después de un momento la puerta se entreabrió.

15.

En el umbral estaba el viejo, un hombre delgado, de cara oscura, bigote y pelo blanco. Se ceñía el vientre con el cinturón de una bata, al mismo tiempo que inclinaba la cabeza en señal de saludo y hacía a un lado una piedra redonda y pesada que estaba en el suelo para abrir la puerta y dejar pasar al visitante.

¿Todo bien? —preguntó en voz baja.

Sacó la cabeza para mirar calle arriba y calle abajo. Corrió la piedra y aseguró la puerta con una tranca. Olía a agua de Colonia, como siempre.

Por aquí —dijo, y lo guio más allá del zaguán y un pequeño patio por un corredor estrecho entre macetas con orquídeas y helechos. Jaulas de pájaros cubiertas con paños blancos colgaban de las vigas de madera entre poste y poste. Entraron en una salita donde había un sofá de cuero color vino tinto y dos sillones medio desvencijados con forro de piel de tigre alrededor de una gran mesa de mármol sobre patas que eran cuatro negros de rodillas.

Sentate. —Señaló uno de los sillones y dijo—: ¿Café?

Gracias.

¿Azúcar?

Por favor.

Ya regreso. No hagás ruido. Hay un perro durmiendo.

Lo vio alejarse hacia la cocina y se sentó en el sofá, donde se hundió cómodamente. Se sacó del bolsillo de canguro la caja de puros y el celular, los dejó sobre la mesa, y se quedó mirando la cara de uno de los negros que la sostenían, absorto, mientras el otro regresaba. Su parte del trato estaba hecha. Para siempre. Ahora era un hombre libre, un esclavo emancipado.

El viejo volvió con una bandeja: una jarra de café humeante, dos tazas y dos vasos llenos de agua. Puso la bandeja a un lado de la caja de puros y se sentó con parsimonia en el sillón.

Muy bien —dijo—. A ver, las fotos.

Él tomó el teléfono, activó la pantalla y localizó la primera de las fotos, donde aparecía la cajita de puros sobre la mesa de pino en el cuarto de Polo. Deslizó un dedo sobre la pantalla.

El viejo tomó el celular, miró las fotos.

Muy bien.

Sin apartar los ojos de los del otro, dejó caer el teléfono en uno de los vasos de agua, que se desbordó.

Eso no hacía falta.

Es más seguro así.

Un vehículo pesado pasó por la calle, hizo temblar el suelo y las paredes de la vieja casa colonial. Desde uno de los patios interiores llegaron los ladridos de un perro. ¿Un boxer? ¿Un pinscher?

Ladra dormido —dijo el viejo.

Y luego:

Me dijiste que tienen cámaras. No pueden relacionarnos. Eso lo sabés.

Asintió con la cabeza.

Regresé para recuperar esta chumpa. —Indicó la chaqueta de béisbol que llevaba puesta—. Se la presté hace días. Le dije que volvería por ella. No va a haber ningún problema.

¿Dónde están todos a estas horas?

Hay fiesta, por el premio.

Muy bien —volvió a decir—. Este es el trato, entonces.

Metió una mano en un bolsillo de la bata y puso sobre la mesa unas llaves de automóvil atadas a una pulsera de macramé.

Metió la otra mano en el otro bolsillo de la bata y sacó un fajo de billetes sujetados con una banda de hule.

Hay quince mil.

Pero eran treinta.

Si la cosa funciona, dijimos, si lo entierran.

¿Y si no?

Si querés, contalo.

Comenzó a contar los billetes.

¿El puto de rojo en la Tercera y Once, es de los suyos?

¿Por qué?

Nada. Ninguno se pone en esa esquina normalmente.

Pues no.

Bueno. —Había terminado de contar. Se guardó los billetes.

El carro está en un parqueo público aquí cerca —dijo después—. Entre la Quinta y la Sexta. Te están esperando. Manejá sin parar en ningún lado hasta Cobán. Bueno, si tenés que mear, ni modo. Pero tiene GPS, ¿okey? Van a estar controlándote. No hagás muladas, o ya sabés, ¿eh? (Se refería a su hijo de apenas tres años, que vivía en Boca del Monte con su madre; era su rehén.) Te hospedás en la Posada de don Carlos, a la entrada del pueblo. Me llamás cuando te hayás registrado.

El otro cerró y abrió los ojos, una mueca de cansancio.

Si todo sale bien, te hacemos llegar el resto allá. Llevás el carro a la agencia de Budget, al lado del parque. Vos y yo ya no tenemos que vernos en mucho tiempo. Tampoco quiero que veás a Jacobito, ¿ya? Cobrás el resto y seguís con tu vida. Si hay algún problema, yo te aviso. El carro no está a tu nombre, así que no es problema si lo abandonás. Por si te paran los chontes —se sacó un sobre de un bolsillo de pecho— aquí tenés un permiso. Todo está en orden. Puede que encontrés retenes en El Rancho o en La Cumbre, aunque de noche es raro que estén parando. De todas formas, no volvás a la ciudad antes de recibir luz verde, por favor. Lo más seguro es que te quedés en Cobán. No hagás ninguna pendejada, *plis*. El carro tiene GPS. Ya te lo dije —le recordó.

Lo acompañó hasta la puerta de la calle, la cerró a sus espaldas. Le oyó empujar la piedra y colocar la tranca de seguridad.

16.

Hacía tres meses que se había instalado en el Pasadena, uno de los hoteles de paso del vecindario, como el viejo le había ordenado, con un plan de pago quincenal. Quería que hiciera amistad con algún miembro de la Casa Rosa, el colectivo de activistas, que estaba causando problemas, le había dicho.

A la española la había conocido durante una manifestación en contra de las minas de oro en un lugar remoto llamado Ixtahuacán. Después de la marcha, que terminó en el Parque Central, un grupo de manifestantes fueron a tomar cervezas en una cantina detrás del Palacio, y el Cobra se unió al grupo. La armonía de edad y el acento salvadoreño ayudaron a que lo recibiera con pocas reservas. Él escuchaba a la españolita con atención. Pronto ella estaba explicándole cómo, en los territorios del país donde la población era predominantemente maya, existía un sistema de organización comunal que pocos ladinos o *kaxlanes* conocían. Habló del caso de Toó, donde había pasado un par de semanas. Era un lugar aparte, dijo, desde antes de 1847, cuando los principales se habían rebelado para no formar parte de la república recién fundada. Luego los habían eliminado, a esos principales, pero no a su memoria, como decían los señores de Toó. Allí, la tierra era de todos, como en los países comunistas, solo que esto venía de antes, de mucho antes que Karl Marx, desde antes de la conquista. Había dos alcaldías en cada municipio; una indígena y comunal, que la gente maya apoyaba, y, ni modo, otra ladina, partidista y casi siempre muy corrupta, que dependía del Estado. Todos trabajaban la tierra, cuidaban los caminos, las fuentes y las venas de agua, con y sin azufre, los cementerios, los temascales, organizaban las ceremonias y las fiestas. Hombres y mujeres, niñas y niños participaban de la vida en comunidad.

Piensa —le dijo la españolita al Cobra— en esas grandes fiestas que arman para sus santos patronales. ¿Has estado en alguna? Muy bien. ¿Quién crees que se encarga de preparar la comida, la bebida, la música y el baile? Duran días, estas celebraciones, y esos miles de gentes tienen que comer todos los días, lejos de sus casas, los tres tiempos. ¿Lo podés imaginar? Igual esfuerzo se hace para montar una rebelión...

Estaban bien organizados, pero la lucha de los pueblos indígenas, que buscaban mantener su autonomía política y simbólica, se llevaba a cabo «en una dimensión muy compleja». Tenían, últimamente, problemas de seguridad. La española le había dicho en broma al Cobra que, con su tamaño, podía servirle, si quería, de guardaespaldas.

Ella tenía un cuarto en una casa comunitaria no muy lejos de allí. Estoy hecho, pensó el Cobra cuando se lo contó.

Después de eso, más o menos cada quince días, la iba a buscar cerca del parque. Comían algo por ahí —a ella le gustaba invitarlo— o iban al cine. Y luego, sin más, iban a la Casa Rosa, donde ella trabajaba todos los días, menos los domingos. Después de hablar un rato con Polo, el jefe de Pamela —que quería instruir al Cobra en los asuntos que le interesaban, como los sistemas de justicia maya, la explotación extractiva, o las estrategias para no dejarse gobernar «de cualquier manera»—, subían al cuarto.

Al cabo de unos meses Pamela le dejó la llave para que él pudiera entrar, si lo necesitaba, cuando ella no estuviera. Hacía un mes, en efecto, un lunes por la noche, mientras los miembros de la Casa atendían al estreno de un documental educativo —*Vida y peligros de la chinche salivosa*— producido por Neurálgica, el Cobra había entrado.

*

El guardián recepcionista del Pasadena, un jovencito de rasgos mayas y apariencia homosexual, el pelo teñido de rubio y las uñas de negro, lo saludó con una sonrisa insinuante.

¿Solo otra vez, campeón?

Él le devolvió el saludo y siguió por el corredor hasta su cuarto, del que no tardó en salir, mochila de lona al hombro, donde llevaba el disco duro de seguridad de la Hewlett Packard de Polo que había extraído de la Casa.

Voy a estar fuera una semana. Ahí te encargo.

No te preocupes, cariño. Esperándote estaré.

17.

El estacionamiento, en la Tercera Calle y Tercera Avenida, estaba cerrado a aquellas horas. Golpeó con la palma de la mano la persiana metálica. Un momento más tarde un viejito, prácticamente un enano, envuelto en un poncho de lana, levantó la persiana y le hizo pasar.

Gracias, buenas noches —dijo él, y el viejo respondió con un gruñido.

El predio, que abarcaba media cuadra, estaba vacío, salvo por cuatro o cinco autos estacionados aquí y allá. El viejo, sin decir nada, le indicó una Land Cruiser color azul, cristales claros y modelo vetusto estacionada bajo un poste de luz. ¿GPS? Lo dudaba.

Abrió la portezuela, echó dentro la mochila y se puso al volante. La camioneta encendió al primer intento. Esperó a que el motor se calentara, y maniobró para enfilar la salida, muy estrecha. Cuando pasaba a su lado, el viejito le indicó que bajara la ventana. El marcador de gasolina no servía, le dijo, pero tenía más o menos medio tanque, suficiente para un poco más de cien kilómetros. Usaba súper.

Él le dio las gracias y un billete de cinco quetzales.

Buen viaje. Con cuidado.

Adiós.

Eran las dos de la mañana cuando llegó al cruce a Sanarate, en medio de chaparrales. Detuvo la camioneta a la orilla de la carretera, apagó las luces y se bajó a orinar. Música norteña llegaba hasta él desde una cantina que, pensó, no debía estar abierta a aquella hora. «El Mujeriego», decía un letrero de luz de neón temblorosa, semioculto detrás de una mata de morros. (La ley dictaba que bares, cantinas y *night clubs* cerraran a medianoche.) Había un picop de policía estacionado a la altura de la cantina del otro lado del asfalto. Fiesta, pensó. Algún coyote o corredor de polvo blanco estaría celebrando su última hazaña con el alcalde o el gobernador local.

Aliviada la vejiga, después de darse una sacudida vigorosa, giró sobre sus talones y se quedó mirando las cortinas rojas a la entrada de la cantina, dudando si pasar, o no, a tomar una cerveza. Sed tenía, desde luego, pero, se dijo a sí mismo, sería una imprudencia entrar allí con tanto dinero como llevaba encima.

En ese momento, bajo la luz que parpadeaba, una mujer alta de piel blanca y pelo largo y negro salió seguida por un hombre de estatura mediana. Él llevaba una botella de cerveza en cada mano, vestía pantalones vaqueros y camisa negra. Podía ser su hermano, el que lo había traicionado, pensó al verlo andar con sus botas tejanas, oscuras y puntiagudas, y un cinturón con hebilla plateada del tamaño de un ostión. Pero no, no era Rubén.

¿Y ahora, mi amor? —dijo la mujer.

No era posible saber a quién le hablaba, si al hombre que se le acercaba por atrás o a él, que estaba a unos cinco pasos frente a ella.

Ya te dije que no tengo más dinero —dijo el hombre de las botas con una voz suave y aflautada.

No seás pajero.

Tengo en el banco, mi amor, no aquí. —Se había interpuesto entre la mujer que lo eludía y el extraño.

¿Dónde está tu carro? —dijo ella, mirando por encima de la cabeza del otro la Land Cruiser a la orilla del asfalto.

Ya te dije. Está descompuesto. Allá. —Señaló camino abajo, hacia el caserío, donde había un letrero que decía: «Taller. Pinchazos. Radiadores».

¡Oiga! —le dijo la mujer cuando abrió la portezuela para subir a la Land Cruiser—. Voy para El Rancho. —Le dio un pequeño empujón al hombre de las dos botellas, para apartarlo—. ¿Me lleva?

Adelantó unos pasos hacia él, y su compañero la siguió.

Háganos la campaña —dijo.

Sintió un golpe de sangre en el bajo vientre y la entrepierna. La mujer era hermosa. El acento era hondureño; las tetas, de silicona. La falda, negra y muy corta, apenas dejaba ver un calzoncito también de color oscuro.

¿Adónde van?

A Santa Elena —dijo el hombre—. Petén.

Los potentes reflectores de un remolque que pasó ruidosamente por la carretera iluminaron las piernas desnudas de la mujer. Un bolsito de noche con lentejuelas negras y plateadas le colgaba de un hombro.

Yo voy para Cobán —dijo.

Ándele. Mi carro se fundió —dijo el doble de su hermano con acento petenero.

Él se arremangó la chumpa para mirar su reloj, mientras se decidía.

Subaʃn —dijo. Su voz fue tan baja que dudó que lo hubieran oído.

Ella subió en el asiento de adelante y el hombre, dando las gracias, en el de atrás.

¿No tenés música? —preguntó ella con alegría en la voz cuando ya rodaban hacia El Rancho.

No sirve —dijo él, indicando el radio de la consola—, es muy viejo.

Me gusta oír música cuando ando en carro. Tampoco tenés cinturones —dijo ella—. Muy mal.

¿De dónde sos?

De Tela.

¿Catracha?

Lo miró sin contestarle y se puso a tararear una canción. *¿La nave del olvido?*

Yo soy Yónatan —mintió, y miró de reojo al asiento de atrás.

Víctor —dijo el vaquero.

Aquí Coral —dijo ella, dejando de tararear.

¿No serás coralillo? —dijo el de atrás.

Culero —dijo ella. Sacó de su bolsito de lentejuelas un smartphone blanco y comenzó a teclear con los pulgares.

No hay señal. —Miró para atrás—. Este tiene una voz increíble. ¿Le pedimos que cante?

Si querés —se rio.

Cantá, querés.

Silencio.

Que cantés, ¿no me oís?

¿Qué quieren que cante?

Agh —hizo ella—, lo que querás.

Él dio un trago de una de sus cervezas, se aclaró la garganta y comenzó: *Espera...*

Sabía cantar y lo disfrutaba. Había cantado tres canciones cuando llegaron a El Rancho, donde la carretera se divide. En el entronque, ella dijo.

¡Pará, por favor!

La camioneta se detuvo para entrar en una isla de cemento donde había una cafetería y una gasolinera. Un olor a alquitrán caliente le hizo cosquillas en las narices cuando bajó la ventana. Se detuvo al lado de una bomba.

Un niño salió de una oficina de bloques sin pintar y techo de lámina para atenderlos. Se restregaba la cara, para despertarse.

Súper. Lleno —le dijo, apagando el motor, y le extendió al niño la llave del tanque.

Ella estaba apeándose. Cerró la puerta y lo miró por la ventana.

Muchas gracias, yo me quedo aquí —le dijo.

Dio media vuelta y se fue, andando a paso rápido, contoneándose, hacia la fila de casetas de comida que se extendía a lo largo del camino que llevaba a Honduras y Puerto Barrios. Volvió la cabeza, levantó una mano y dijo adiós con una sonrisa.

Los dos se quedaron mirándola un momento.

Cabrona —dijo el de atrás—. Que se vaya al infierno. —Lo miró a él—: Si es tan amable, sigo con usted hasta Cobán.

Pásese para adelante, que no voy a irme de chofer.

El otro obedeció.

¿Sigo cantando?

No, por favor.

Oká.

Siguieron rodando en silencio.

Pasando Masagua, el pasajero comenzó a dar cabezazos.

¿No le importa? —dijo, mientras manipulaba una palanca para reclinar su asiento hasta dejarlo en posición horizontal. A los poco minutos dormía. De vez en cuando se le escapaba un ronquidito tiple, que parecía un lamento.

Se dejaba manipular, y eso no era bueno, como le había dicho uno de los psicólogos del reformatorio. Aquí estaba, una vez más, innecesariamente incómodo, con un perfecto desconocido que tenía un vago aire a su hermano de padre, que lo traicionó.

Una melodía comenzó a sonar en el celular del pasajero dormido, que salió del sueño para ver la pequeña pantalla. Después de apagar el aparato volvió a acomodarse en el asiento reclinado.

La luna, grande y luminosa, había salido detrás de las montañas y el paisaje semidesértico. Hacia el Poniente se vislumbraban las llanuras del valle del Gran Chol; una nube vasta que tocaba los picos más altos lo cubría como una manta. Había jirones de cielo gris sobre el camino, y el ronquido del motor rebotaba contra las paredes de la barranca. Los cactus candelabro y los chaparrales proyectaban sombras entre las rocas de mica, que despedían un brillo muy suave bajo el baño de luz lunar. Al lado de la carretera, en una recta, un guardacaminos se levantó de repente y voló a ras del suelo unos metros adelante de los faros del auto antes de virar y volver a posarse entre unas matas del otro lado del camino.

De vez en cuando lo deslumbraban los faros de un camión de carga que aparecía en dirección contraria. Poco antes de llegar a San Jerónimo La Cumbre, en una cuesta empinada, una camioneta Suburban negra con vidrios velados lo adelantó. Ahora tenía detrás de él otro vehículo con luces de estribo superpotentes cuyo relumbre, en los retrovisores, le molestaba. Los movió para desviar la luz.

En la recta de La Cumbre estaban las garitas, los puestos de comida, casi todos cerrados, y los túmulos despintados y demasiado altos. La Suburban delante de él no llevaba placas, pero en el retén entre túmulo y túmulo, donde había guardias armados con fusiles y escopetas recortadas, la dejaron pasar por entre los conos color naranja. El de atrás era un picop Bronco con enormes llantas pantaneras y, sobre el parachoques delantero, ostentaba un *winch* con su rollo de cable de acero. Hizo un cambio de luces. Decidió no hacer caso. Pero comprobó con desasosiego que era imposible leer la placa de circulación, si es que la llevaba.

La tortillería Mary estaba cerrada. Un anuncio de tayuyos —las tortillas rellenas de frijoles y chicharrón— le produjo una efusión de jugos gástricos, un ataque de hambre. Su pasajero seguía durmiendo, ahora sin roncar. Los saltos de los túmulos no lo despertaron.

Condujo despacio después del retén. Quería dejar que la Suburban se alejara camino adelante. El Bronco lo tenía justo detrás, muy cerca. La niebla, perpetua en aquella parte del camino, se había hecho muy espesa. La línea en el centro del asfalto estaba despintada; era una línea imaginaria. Conducía a menos de treinta kilómetros por hora y una y otra vez estuvo a punto de salirse del asfalto por la poca visibilidad. Tuvo que detener la marcha a causa de unos derrumbes. Los vidrios comenzaban a empañarse. Bajó la ventanilla para que el aire circulara, aunque el frío, muy húmedo, era intenso. Volvió a arrancar.

Le sudaban las manos, tenía la espalda agarrotada, y el miedo era una extraña presión en la garganta. Se arqueó tras el volante, para levantar el trasero del asiento; un alivio pasajero.

Quería quitarse de detrás al Bronco. Necesitaba estirar las piernas. Pero una curva se convertía en otra y no había un sitio seguro para estacionar. Bajó la ventanilla por completo, y sacó el brazo para hacer señas al de atrás para que lo rebasara. Pero el otro desaceleró la marcha y se detuvo cuando él, ya molesto, aunque también asustado, se detuvo. Prefirió no apearse. Volvió a arrancar y el Bronco arrancó detrás de él. Las luces de cola de la Suburban aparecían y desaparecían entre las vaharadas de niebla dos o tres curvas carretera adelante.

Siguieron rodando muy despacio.

Pasaron el cruce a Chilascó, donde están las cascadas, y sin decir nada el pasajero se incorporó en su asiento y estornudó. Volvió a acostarse y cerró los ojos con una sonrisa incomprensible. Poco después dormía de nuevo y de vez en cuando se le escapaba algún ronquido. Pasaron la Reserva del Quetzal, nombrada en honor de un rector universitario asesinado en los años ochenta. ¿Por las fuerzas del Estado, o por sus colegas académicos, como decían algunos?, se preguntó ociosamente.

Ahora la niebla era un poco menos espesa. Y comenzaba a amanecer. A un lado del camino se alzaba un muro natural de tierra rojiza como pulpa de zapote; al otro, las copas de grandes pinos y encinos. La Suburban rodaba un poco más adelante, muy despacio. El Bronco lo seguía de cerca y hacía cambios de luces una y otra vez. Querían acoquinarlo.

Mientras descendían por una pendiente prolongada de curvas muy suaves, casi una recta, arriba de Purulhá cayó en la cuenta: iban a matarlo.

El asfalto estaba cubierto por una capa de limo arcilloso, resultado de una serie de pequeños derrumbes del paredón natural, y ahora la Suburban se detuvo, atravesada de lado a lado para obstruir el paso. Él redujo al mínimo la velocidad, y el Bronco hizo sonar una bocina potente a sus espaldas. Para evitar chocar con la Suburban, frenó de golpe. Pero fue embestido por detrás por el Bronco.

Oyó al pasajero gemir en el sueño. Viró bruscamente para chocar con la Suburban y así detener la camioneta, que se deslizaba sobre el limo. Chocó, pero no de lleno, y una nueva embestida del Bronco, más violenta esta vez, lo lanzó fuera del camino, mientras se aferraba con todas sus fuerzas al volante.

Una rueda delantera había quedado en el aire. Otro empujón del Bronco y la camioneta se precipitó al barranco. Un estruendo de metal, piedras y madera desgarrada. Las ramas de los árboles se doblaban y se rompían bajo el peso del auto y amortiguaban los golpes de su descenso. Era —sintió mientras caía— como navegar sobre una ola de vegetación. Adelantaba a grandes saltos, y siguió cayendo, cada vez más rápido, hasta que, de pronto, estaba cabeza abajo; daba vueltas en el aire. Veía ahora una masa verde, ahora una masa gris (el cielo), y una botella de cerveza pasó volando frente a sus ojos y salió por la ventana, que estaba abierta. El cuerpo de su acompañante estaba debajo del suyo cuando, de pronto, con un ruido ensordecedor, todo el movimiento se detuvo.

«¿Qué vas a hacer, mi amor, cuando me muera?»

Estas palabras, recitadas por su madre, resonaron dentro de su cabeza, y comprendió que el tiempo corría todavía. Abrió los ojos. Un ligero chirrido, como una queja metálica, lo sacó del ensueño. Parpadeó. Tenía cerca de la cara una superficie blanca. El cielo raso del auto. El chirrido, ahora entendió, era una de las ruedas, que giraba todavía. Pero él no podía moverse. Tampoco sentía dolor en ninguna parte, solo una presión desagradable en una pierna y en los hombros, prensados entre un objeto suave y otro duro y caliente. Olía a gasolina.

111

Un milagro, estoy vivo por puro milagro, pensó.

Con dificultad volvió la cabeza para ver a su compañero de viaje, cuyo cuerpo, doblado en dos, había terminado en la parte trasera. No había tenido suerte. Estaban sobre el lado derecho de la Land Cruiser, que parecía estable. El cuello y un hombro del otro formaban un ángulo inverosímil. La clavícula le abultaba debajo de la nuca, y sangraba por la boca. ¿Estaba muerto?

Oyó, en ese momento, unas voces que venían de lo alto del barranco, como ahogadas entre la bruma y la vegetación. Eran ellos; los que querían matarlo.

¡Ahí está! —El grito llegó desde lo alto y se quedó resonando un rato en la barranca.

Fuera, la luz del alba dejaba ver las ramas de los árboles. Había retazos de cielo gris en lo alto. Tenía que salir de ahí, la camioneta podía hacer explosión en cualquier momento. Algo que no alcanzaba a ver le atenazaba una pierna. Logró moverse unas cuantas pulgadas, hacia arriba, hizo más fuerza y liberó la pierna. ¿Se habría desgarrado la piel sobre el tobillo? Una de las ventanillas laterales estaba rota. Iba a salir por ahí.

Después de un minuto o dos de forcejeo, sacando primero la cabeza, sacudiéndose los pedacitos de vidrio, se dominó con ambas manos y logró extraerse por completo. Una de las llantas había reventado. Se tocó el pecho, las piernas. Lo del tobillo había sido doloroso, pero no llegó a sacarle sangre. Un raspón, nada más. El fajo de billetes estaba en su sitio. Miró dentro de la camioneta por el parabrisas. Metió un brazo para alcanzar su mochila, salpicada con cerveza. Miró a su alrededor. Había llegado al fondo del barranco. Se inclinó y estiró una mano para tocar el cuerpo del otro, que estaba muerto.

Podía oír a los hombres que bajaban por la pendiente, lanzando insultos y maldiciones.

¡Cayó hasta abajo!

Estarían unos treinta metros más arriba que él, pero aún no podía verlos. Entre unas matas junto a sus pies distinguió un objeto de color rojo que resultó ser el frijolito del muerto. Se agachó a recogerlo. Se alejó de la camioneta, que había quedado con la trompa apuntando ligeramente hacia lo alto. La gasolina goteaba todavía por la parte de atrás. Se alejó un poco más, y se ocultó detrás del tronco de un gran árbol caído, cubierto de musgo y de hongos que parecían orejas. El frijolito estaba apagado, comprobó. Se echó encima puñados de hojarasca y ahí se quedó, muy quieto, casi sin respirar, aguzando el oído para adivinar los movimientos de los que querían matarlo.

Una explosión retumbó en las paredes del barranco cubierto de árboles, y se formó una columna de humo azul que se confundía con la niebla y se fue dispersando en el aire.

¡Aquí huele a carne asada! —gritó uno—. ¡A la mierda!

Él se quedó ahí, sin moverse, hasta que le pareció oír, por encima del ruido de los pájaros y un zumbar de jejenes, el motor de la Suburban, y luego el del Bronco, que arrancaban. Entre los bocinazos de autos y camiones que pasaban por el desfiladero unos cincuenta metros más arriba, maniobraron para dar la vuelta y tomar la carretera de regreso a la capital.

18.

A eso de mediodía se despertaron, y la Carnita le llevó a la cama un desayuno de huevos rancheros, como le gustaban a Polo, sobre una base de tortilla y empapados en salsa de tomate, muy picante.

Estamos solos —anunció mientras Polo devoraba el desayuno con gran apetito—. La alemana dejó una notita. Salió y no regresa hasta la noche.

Buena onda —dijo Polo, entre bocado y bocado.

Mirá lo que nos dejó el Simón —le dijo la Carnita después de recoger los platos y dejarlos sobre el tocador, mostrándole una caja de DVD donde estaba escrito con marcador rosado: «Todo porno: Lo mejor de la industria en el mundo entero desde sus inicios hasta la actualidad». De *The Devil in Miss Jones* a lo mejor del *New Age Porn,* el índice incluía películas de porno *rapanui* (Isla de Pascua) hasta porno maya. El nombre de su productora artística (La Panocha) aparecería entre los créditos, él lo sabía.

Ah —dijo Polo, cuya debilidad por esta forma de expresión podría ser, a decir de sus amigos y enemigos, su único y gran defecto.

La Carnita y él permanecieron ahí viendo película tras película. Una vez cuando ella, bastante aburrida, quiso adelantar uno de los programas (una historia de monjas y curas que intercambiaban miradas lascivas en el vergel de un convento medieval), él se quejó.

¡Pará! ¡Vas a arruinar la trama!

La Carnita se quedó dormida. Él no apagó el aparato hasta el atardecer. Fue a la cocina, que encontró desierta, y comió deprisa un trozo de papaya y un mollete que alguien había dejado en un plato sobre el mostrador. Regresó al cuarto y se echó de nuevo en la cama.

Ya eran casi las siete cuando ella propuso:

¿Levamos anclas?

El celular de Polo estaba sonando, no contestó.

Número desconocido —dijo.

*

Nada había pasado entre los dos, pero aquellas horas compartidas en la cama se convirtieron en una especie de complicidad y ahora se trataban como viejos amigos.

Al despedirlo frente a la Casa Rosa ella le dijo:

Podés considerarme tu fan número uno, Polito. De verdad, es un privilegio ser tu amiga.

Él levantó una mano para decirle adiós y gracias y se volvió hacia la puerta, entró en la casa. Encendió la luz y las cucarachas corrieron por el suelo de cerámica para esconderse, como solían, en la oscuridad y las rendijas del suelo al pie del bar, mientras imágenes de las innumerables películas que había visto aquella tarde cruzaban desordenada, descontroladamente por su cabeza.

Debía acabar con ese mal hábito, desligarse de la prolongada cadena, el círculo vicioso que hacía esclavos a todos esos niños y mujeres y los convertía en objetos, aunque él no los tocara ni quisiera tocarlos (no obstante su irracional deseo de mirarlos). Se dijo a sí mismo:

En serio, nunca más.

*

En el segundo piso, un olor a diesel quemado que subía de la calle llegó a sus narices, y se quedó oyendo el ronquido del autobús que se alejaba avenida abajo. Fue hasta el armario donde estaban los controles de las cámaras de vigilancia, las apagó. La ventana de la terraza estaba abierta, tal y como solía dejarla, y la luz del poste de la esquina, una luz amarillenta y temblorosa, proyectaba, como siempre, la sombra del marco de la ventana: una cruz sesgada sobre las rosetas del corredor.

Entró en su habitación y encendió la bombilla desnuda en el centro del techo. Se quitó la chaqueta, la colgó en el respaldo de la silla que hacía de mesita de noche, entre la mochila y el calzoncillo. Se quitó la camisa con manchas de sudor seco en las axilas, la hizo una bola y ejecutó un tiro de gancho, por encima de la cabeza, cual jugador de baloncesto, para introducirla en una canasta de mimbre en un rincón al pie de la cama. Se sacó los pantalones, otra pelota. Tiro de frente, en suspensión. De nuevo, encestó. Se sentó al filo de la cama, y le extrañó un poco ver sus pantuflas una embutida en la otra; él no solía dejarlas así. ¿Doña Berta, tal vez? Las levantó, sacó una pantufla de la otra, asombrado por el olor de sus propios pies, y de pronto vio un escorpión que surgía de la segunda pantufla. Dio un pequeño salto de sorpresa, y la dejó caer al suelo. El escorpión corrió con una rapidez inesperada, la colita en alto, para esconderse bajo el cesto de ropa sucia.

¡Juepú!

Se levantó de la cama, alegrándose de su buena suerte, y salió del dormitorio en busca de una escoba.

La cancioncita le vino a la memoria:

Mata el alacrán, abuelita.
Mátalo con una escopeta.

Él no había matado ninguno en su ya bastante larga vida, y decidió que no iba a hacerlo ahora. Entró en el cuarto de baño y tomó un vaso de vidrio de una repisa bajo el espejo, que prefirió no mirar. Fue a su escritorio por una carpeta con panfletos de un hospedaje ecoturístico, y regresó a su cuarto. Con cautela, movió el cesto.

Y si no revienta el cartucho...

El escorpión corrió para meterse debajo de la cama. Con la escoba, lo barrió al centro del cuarto, le puso el vaso encima y le dijo:

Quieto ahí, cabrón.

Introdujo la cartulina debajo del vaso y levantó al animalito para llevarlo hasta el escritorio en el corredor. Lo puso allí, en el espacio que había ocupado la computadora robada, y se quedó un rato contemplándolo. Era de color rojizo y mediría dos pulgadas. Alargó la cola para mostrar el aguijón, la dobló y se quedó quieto.

Pensó en lanzarlo a la calle, pero, dejando al escorpión donde estaba, bajó al primer piso y se puso a buscar un bote de vidrio para guardarlo. En una bolsa de basura encontró uno con todo y tapadera y restos de mermelada de fresas. Lo lavó, tomó la tapadera y la perforó tres veces con un cuchillo de cortar carne. Se preguntó qué comería un escorpión, y con qué frecuencia. Debía consultarlo en Wikipedia, pensó. Volvió al segundo piso para trasvasar al animalito y lo dejó sobre el escritorio de la computadora robada.

Volvió a su cuarto, abrió un cajón y sacó una camiseta, se la puso. Devolvió el cesto de la ropa sucia a su sitio, se quitó los calcetines y los calzoncillos y, después de echarlos en el cesto, desnudo de cintura abajo, apagó la luz y se metió a la cama.

*

En la pantalla rojiza de sus párpados, imágenes fluctuantes de cuerpos desnudos, de órganos sexuales en plena función; en primerísimo plano algunas veces, mientras en su oído interno se repetían frases, gritos o susurros de placer: «No, no. Espera a que Elsie llegue. Ya está llegando, la cerda. Sí, sí. Más duro, así, así, así». La mano de Carmen en su muslo, buscando, como un animalito temeroso, la entrepierna de Polo, que la apartaba. Su placer era un asunto solitario. Veía en su imaginación los nombres de sus estrellas favoritas: Linda Lovelace *(Doggy Style);* Camila de Castro *(Transposed);* Veronica Brazil *(Dirty Mind)*... La última se había suicidado. ¿Por qué, ahora, la recordaba?

Las imágenes de su propia producción pornográfica *(Mazorcas calientes, Canoas mojadas)* volvieron a revolotear en su cabeza. Tomas de dos adolescentes cakchiqueles corriendo en medio de un maizal, entre rastrojos, los volcanes de Agua y de Fuego en el fondo. La muchacha, que huye, mira para atrás entre asustada y excitada. El empujón de su perseguidor, la caída. El nervioso desatar de la faja, el despliegue del corte azul: la desnudez. Los besos. Un primer plano de la cara de ella —parece una niña—, la expresión de placer carnal. Pero esto, que pudo ser un buen recuerdo, no lo era. A la bella Ix la encontraron ahogada en una pila de lavar en Xela, el estómago lleno de aguardiente. ¿Fue la vergüenza de haber aparecido en aquella cinta, que tuvo un éxito inaudito en los mercados de Chimaltenango y El Amate, lo que la empujó a ese extremo? Él lo dudaba. En cualquier caso, con aquella muerte acabó su incursión en lo que el Pessao llamaba el espinudo campo de la etnopornografía.

Queriendo borrar esos recuerdos, revisó mentalmente su agenda para el día siguiente, lunes. Más entrevistas con los medios. Debía ir a Palacio a hablar con el nuevo ministro de Cultura sobre un proyecto de escuelas audiovisuales para comunidades campesinas. Era necesario descansar.

19.

Ahora había bastante luz en lo hondo del barranco. Salió de su escondite detrás del tronco tumbado. El aire olía a gasolina y carne quemada. Fue hasta la camioneta, ennegrecida y panza arriba. Humeaba todavía. Se agachó para mirar dentro por una ventanilla.

Con la mochila al hombro, comenzó a trepar por la empinada vertiente, siguiendo la brecha abierta por el auto al caer. Alcanzó la orilla del camino y volvió a examinarse, un poco incrédulo, de pies a cabeza. ¡Ileso! Aparte del raspón en el tobillo, que él mismo se causó al extraer el pie de la pinza entre el respaldo del asiento y el techo del auto, ni un rasguño.

Se sacó del bolsillo el frijolito del muerto, lo encendió y marcó el número de la Casa Rosa, pero no le contestaron.

Comenzó a bajar por la cuesta de asfalto hacia el pueblo, donde pasaría desapercibido con facilidad. Se cruzó con una familia kekchí —el hombre varios metros delante, luego los niños y por último la mujer—, todos con bultos de carga a las espaldas en cacastles y mecapales. Leña, fruta, verduras, una mesa de pino todavía fresco. Quiso imaginar cómo sería la vida de la gente así, ocupada en trabajos inocentes y rudos. Su fisonomía, las maneras —lo saludaron uno tras otro («Buens díes») sin volverse ni alzar los ojos para mirarlo— tenían también algo de simple y de puro. Maceguales, les decían. Indios sin rango ni privilegios, le había explicado Pamela. Vivían de sus pro-

121

pias manos, no de intrigas o imposturas, como tanta gente que había conocido en la ciudad. O como él mismo.

Al llegar al final de la cuesta, una ambulancia con los faros y la sirena encendidos, seguida muy de cerca por un picop de bomberos, pasó a su lado en dirección contraria, a toda velocidad. Reanimado al ver, al final de la recta que dividía el valle, un gran letrero que daba la bienvenida a Purulhá, siguió andando, consciente ahora de dolores en el muslo y en la nuca. Pamela había estado en este pueblo más de un año antes, durante una de las giras de Polo, que fue allí para documentar una protesta popular contra un proyecto hidroeléctrico. Una familia mestiza del pueblo que, le contó ella, habían sido los caciques locales desde hacía más de un siglo, estaban dando patadas de ahogado. Después de alzarse como cafetaleros a finales del siglo xix y adueñarse de grandes extensiones de tierras comunales, «tierras de indios»; después de ocupar la alcaldía durante décadas y décadas, estos descendientes de alemanes mezclados con españoles y «hasta con indios» habían sufrido una larga y continua decadencia. Ahora, con la irrupción en el país del negocio de la energía hidroeléctrica, como explicaba Polo, vieron una nueva oportunidad para enriquecerse. Ya se habían apoderado de casi toda la tierra. Iban a apoderarse también del agua. Pero los tiempos van cambiando, decía Polo. Resistencia pasiva a la electricidad abusiva, bromeaba. Aquella vez habían conseguido media docena de cámaras digitales de segunda y una computadora para regalar a los resistentes, y pasaron dos semanas en Purulhá dando talleres de producción audiovisual. Seis meses después, por iniciativa de los pobladores, inauguraron ahí una estación de radio comunitaria, perseguida por el Estado (hurto de fluidos, alegaban), pero muy efectiva. Y la hidroeléctrica todavía no empezaba a trabajar.

Pamela había servido de asistente y mandadera de Polo esas semanas, yendo y viniendo entre Purulhá, Tactic y Cobán para comprar o hacer reparar esto o aquello.

Frente a la gasolinera, dobló de la carretera hacia la calle del mercado, más allá del barrio de los Carpinteros. En un callejón detrás del mercado había una tienda de pocomames, gente de Tactic, donde alquilaban cuartos. En la calle del mercado compró un rimero de tortillas, un poco de sal y queso fresco, chile y media botella de agua. Devoró una tortilla tras otra mientras andaba, bajándolas con el agua. La sola idea de tumbarse a descansar le hizo sentir de pronto una fatiga enorme. Necesitaba dormir. Tenía que hacer un esfuerzo constante y consciente para seguir moviendo las piernas, una hoy y otra mañana. Llegó a una tienda llamada La Ilusión. Un letrero decía «Se alquilan cuartos».

Cuánto tiempo —preguntó el empleado, un hombrecito de saco negro y pantalones verde musgo.

Unas horas.

El hombrecito lo condujo por un corredor entre cubículos de bloque. Oyó la voz de un niño, o una niña. Un gemido de placer. Pasaron más allá de un patiecito de lavar, siguieron por otro corredor, aún más estrecho que el primero, y salieron a un patio donde había varios rimeros de leña contra una pared. En la pared de enfrente, dos puertas pintadas de verde, una pila de agua en medio. El hombrecito le indicó la primera puerta, de cuyo cierre, hecho con dos clavos doblados, colgaba un pequeño candado de combinación. Lo invitó a inspeccionar el cuarto.

La luz entraba por un ventanuco. Había un catre de alambre junto a una pared, y espacio apenas para moverse entre el catre y la otra pared.

¿Cuánto?

Veinte la hora.

Aquí tiene. —Le extendió un billete de cien quetzales—. Que me despierten a las doce, por favor.

La clave es cuatro cuatros. Puede ponerlo desde dentro —se sonrió.

Cerró la puerta. Aseguró el candado. Revisó cuidadosamente las sábanas, el colchón de una pulgada sobre el catre. Se tumbó de espaldas. Se sacó el frijolito del muerto; no había llamadas perdidas ni mensajes. Puso la alarma, por si acaso. Metió la mochila debajo del catre. Tendría tiempo para comer en serio y comprar la prensa antes de tomar el autobús de las tres para la capital. Puso el teléfono en modo vibrador.

En medio de un sueño profundo, dictaba su nombre a un notario sentado en un banco debajo de una sombrilla color rosa, pero no estaba en la capital, donde había notarios así, sino en una ciudad hecha de casas de madera sin pintar. El nombre que dictaba no era el suyo.

Son las doce, hay que desocupar el cuarto —dijo una voz desde fuera.

Ya voy.

Salió a lavarse en la pilita del patio —la cara, el cuello, las axilas. En un espejito cacarañado que colgaba de un poste junto a la pila se arregló el pelo, mirándose las ojeras, oscuras y profundas, y pensando en que, a pesar de todo, no tenía tan mal aspecto. Volvió al cuarto. Sacó la mudada de ropa limpia que llevaba en la mochila envuelta alrededor del disco duro, que parecía intacto. Hizo un lío con la ropa sucia y, después de usarla para quitarse el agua que le escurría por el pecho y el vientre, la enrolló alrededor del disco duro y volvió a guardarla.

Salió a la calle del mercado, la atravesó hacia los puestos de comida. Su hambre era grande.

Un caldo de gallina: diez quetzales.

Se lo llevaron sin tardanza y lo consumió, quemándose al principio, tratando de no atragantarse. El calor y el alimento lo reanimaron.

Pagó con otro billete de cien, que separó del fajo de su pago, sin sacarlo del bolso frontal del sudadero. La encargada del puesto lo examinó y luego se sacó de entre los pechos debajo del huipil una bolsita de plástico. De allí tomó un puñado de billetes y ajustó el vuelto.

Muchas gracias.

Buen provecho —dijo la mujer, y se volvió para atender a otro comensal.

*

Cuando salía del mercado vio a un niño que vendía diarios. Lo llamó con la mano, le compró la prensa. En la primera página, una foto de un misil norcoreano que había volado sobre aguas japonesas. *Sube la tensión en el Pacífico,* decía el titular.

Una llovizna finísima caía, o flotaba, en el aire. El chipichipi, le decían. Cubriéndose la cabeza con el periódico, se dirigió a la cafetería de la calle principal, frente a la parada de autobuses, donde una familia de pocomames aguardaban, protegidos bajo una lona de plástico negro. «Hotel. Restaurante. Cafetería», decía un letrero pintado en una rodaja de madera colgada con cadenas entre dos postes.

Se sentó a una mesa para dos frente a una ventana, desde donde podría ver el autobús proveniente de Cobán. Pidió una taza de café con leche y se puso a ojear noticias. En la sección de nacionales, una foto de un hombre maduro, las manos esposadas, la cara muy seria, detrás de una malla de alambre entre un grupo de policías: *El hermano del Presidente de la República es conducido a Tribunales por casos de Corrupción.*

Sintió el frijolito que vibraba. Dejó que la llamada se perdiera; quedó un mensaje en el buzón de voz. No quería gastar el saldo en escucharlo. Familiares o amigos, colegas o acreedores del muerto, pensó.

Volvió a abrir el diario.

En la sección llamada «Buena Vida» vio una foto de Polo. Estaba sentado frente a una mesita con un florero.

Entregan importante premio a ONG por labor humanitaria. Polo Yrrarraga, director de Neurálgica y La Casa Rosa, la ONG premiada, fundó un centro de documentación y activismo social...

Ojeó la página de sucesos. Muertos y secuestrados no faltaban, pero nada que le concerniera a él.

¿Había descubierto al alacrán, o a los alacranes, antes de que lo picaran? ¿O, si alguno de los alacranes lo picó, fue la ponzoña, como esperaba, insuficiente? ¿O estaba a aquellas horas muerto por las picaduras, o agonizando, y no lo habían encontrado todavía?

Pidió el segundo café. Se decidió y marcó en el celular el número de la Casa Rosa. No contestaron. Colgó sin dejar mensaje. Marcó el número de Pamela.

Aló —dijo Pamela—. ¿Quién llama?

Soy yo. Estoy en Cobán. ¿Cómo va todo? ¿Puedo hablar con Polo?

Debe de estar muriéndose.

¿Cómo?

De la goma. Anoche lo dejé en una fiesta. Nunca lo había visto tan borracho. ¡Estaba feliz!

126

Todo bien, entonces.

¡Claro! Parece que los suecos, o los noruegos, ¡o los dos!, van a darle otro premio. Pero no hay que hablar de eso todavía, nos dijeron. ¡Que hagan cola!

¿Hay alguien en la Casa? He estado llamando y no contestan.

Tal vez aquel no llegó a dormir allí. No sería extraño.

El saldo del frijolito del muerto no tardaría en agotarse.

Adiós, amor.

Eran las tres menos diez. Pagó los cafés y salió a la orilla de la carretera, donde seguía cayendo el chipichipi. Cruzó al otro lado y entró en una tiendecita que ostentaba el emblema de Claro, la telefónica. Una vieja de cara redonda lo atendió.

Cien quetzales de recarga —le dijo él—, si me hace el favor.

¿El número?

No me lo sé, disculpe. El chip es nuevo.

A ver, marque el mío.

Marcó el número que la vieja le dictaba, y cuando entró la llamada ella lo anotó en un pedacito de papel.

Le extendió otro billete de cien, que extrajo del fajo invisible.

La vieja lo tomó, lo alzó para verlo a contraluz, sin disimular su desconfianza. Sacudió ligeramente la cabeza. Sacó de un cajón del mostrador un marcador de tinta especial.

Con una mueca de disgusto, dejó el billete sobre el mostrador.

Es falso.

No puede ser. ¿Y ahora?

Tiene que pagarme con uno de verdad. Este no sirve.
—Empujó el billete hacia el mal cliente.

Me los dio el cajero —mintió él, mirando el billete, sin volver a tomarlo, como si no hubiera sido suyo. Alzó las manos, luego se las metió en los bolsillos del pantalón. Puso dos o tres billetes arrugados y unas monedas sueltas sobre el mostrador. Contó sesenta y tres quetzales.

Es lo que tengo, disculpe —le dijo a la mujer.

Pues no alcanza —dijo ella con una cara sin expresión.

A sus espaldas, oyó la potente bocina de un autobús; la voz del asistente, que gritaba:

¡Capirucha! ¡Capirucha! ¡Capirucha!

El silbido de frenos neumáticos. Aguardó un momento, haciendo como que seguía buscando en los bolsillos. Se oyó otro bocinazo; el autobús arrancaba. Giró sobre sus talones y salió corriendo para cruzar la calle.

¡Desgraciado! —gritó la mujer a sus espaldas, desde detrás del mostrador—. ¡Ladrón!

Subió por la puerta trasera del autobús, que ya había echado a andar. La mujer de la tienda gesticulaba del otro lado de la calle. Se quedó un rato allí, moviendo la cabeza de un lado a otro, y volvió a entrar en la tienda. El ayudante del bus lo miró altivamente, pero no dijo nada. Él pagó con otro billete de cien, que fue aceptado sin reparo. El ayudante le dio el vuelto; setenta quetzales. Cerró la puerta trasera. Le indicó que se sentara en la última fila, en el pasillo entre los asientos, donde colocó un banquito de madera; al lado derecho tenía un grupo de maceguales; al izquierdo, unos bultos. Se recostó contra los bultos, mientras el autobús avanzaba por la carretera hacia la capital.

Pasaron por la cuesta donde, pocas horas antes, se había accidentado. Se levantó del banquito para mirar por la ventana el punto donde el Bronco lo había embestido. Los patinazos sobre el limo habían sido borrados por las rodadas de otros autos. Se veían algunos árboles rotos por la camioneta al caer. El precinto de la policía, una tira de plástico amarillo tendida entre cuatro estacas, temblaba con el viento.

En La Cumbre bajaron varios pasajeros y pudo pasarse del banquito a un asiento de ventana. Ya del otro lado de la sierra, donde había buena señal, llamó de nuevo a la Casa Rosa. Nada. Al celular de Polo, tampoco. Para no estar sin hacer nada, leyó unos mensajes de texto enviados al número del muerto. Oyó los mensajes de voz. Una mujer: «¿Ónde andás? Llamame cuando oigás este mensaje». Un hombre: «Don Víctor. Llegó la encomienda. Agradecidos aquí». De nuevo la mujer: «¿Ónde estás? ¿Creés que no me entero? ¡Tenés familia, repisado!».

*

Los altísimos paredones al lado del camino eran de roca viva. El cielo hacia el oeste, donde estaba la ciudad, era una llanura en llamas. Ya era de noche cuando el autobús atravesó media ciudad entre un tráfico denso y ruidoso. Se bajó por la puerta trasera antes de llegar a la terminal.

Entró en una tiendecita, donde compró un tamal frío y una Coca-Cola, que consumió en el acto. Eran las siete y media pasadas.

Trotaba y andaba alternativamente. Sudaba. Sonó el celular del muerto y contestó, esperando oír la voz de Polo. Era la tendera de Purulhá, que lo insultaba. Colgó.

20.

Recibió el aguijonazo en la nuca, debajo de la base del cráneo, detrás de la oreja. Al mismo tiempo que sentía la punzada, vio un resplandor rojo y amarillo. Se dio un manotazo en la nuca y sintió la pequeña coraza de un escorpión. Un gemido de dolor. No podía ser el mismo animal que, unos momentos antes, había atrapado y guardado en el frasco. Se levantó y encendió la luz.

No lo había matado. Lo vio moverse en la cama, cerca de la almohada. Tomó una pantufla del suelo para aplastarlo. Untó su cuerpecito en las sábanas, maldiciéndolo. Se echó al lado del escorpión destripado, retorciéndose del dolor. Pocos minutos después empezó a sentir náuseas. El recuerdo del abundante desayuno preparado por la Carnita no fue placentero. Se levantó para ir al baño y se arqueó sobre el tazón del inodoro, pero solo expulsó un líquido amargo. Apoyando una mano en el marco de la puerta, quiso aclarar sus pensamientos. El escorpión atrapado seguía en su lugar, moviéndose de un lado para otro en su prisión de vidrio, agitando la cola, que ahora a Polo le pareció increíblemente gorda. El escorpión que había destripado era distinto, más pequeñito y de color amarillento. ¿De dónde salieron?, se preguntaba.

Dio unos pasos hacia la cama y volvió a sentarse al filo, la cara entre las manos, tratando de combatir la náusea. La sangre le martilleaba en las orejas, sus ojos estaban fijos en los pies hinchados, descalzos sobre la loza de cerámica. Comenzó a sentir frío. Fue hasta la repisa de la ropa, tomó un par de calcetines, doblados en una bolita. Sentado de nuevo al filo de la cama, se los puso.

En el arco del pie, otro latigazo de dolor. Un grito corto, rabioso.

¡No podía ser! Se sacó el calcetín y sin ver lo que estaba dentro, pero adivinándolo, lo trituró con el tacón de una de sus botas de montaña.

En ese momento, en el piso inferior, sonó el teléfono.

Trabajosa, dolorosamente, bajó las escaleras. Buscó a tientas el interruptor. Las cucarachas se dispersaron por el suelo cuando encendió la luz. Llegó hasta el bar y levantó el aparato.

¿Quién es? —dijo mientras reprimía otro gemido de dolor.

Polo —dijo del otro lado de la línea una voz que le era familiar—. Soy yo.

¿Rafa?

Sí. ¿Estás bien?

«Yo soy. ¿O soy? ¿Somos o somos?», dijo otra voz dentro de su cabeza. Estoy alucinando, pensó.

¿Quién habla?

¿Polo?

Sí. ¿Qué onda?

¿Estás bien?

Me picó un escorpión. Hay un nido en el cuarto.

¿Estás solo?

Me estoy doblando del dolor. Voy a colgar.

21.

El Cobra tocó el timbre y, sin esperar, sacó la llave y abrió la puerta, que dejó entornada. Miró a lo alto: la cámara no estaba encendida. Polo, sentado en el patio del café, tenía la cabeza apoyada en una mesita, la cara distorsionada por el dolor, la mirada perdida. Con ambas manos se apretaba el lado derecho de la poderosa panza. De su boca salió un gemido agonizante.

Polo —dijo el Cobra—. Mierda. ¿Querés que te lleve al hospital?

Se quitó la mochila de la espalda y la dejó sobre la mesa.

Polo logró incorporarse en la silla, sin dejar de apretarse el vientre.

¿Qué estás haciendo aquí? —preguntó.

Voy a llevarte al hospital.

¿Cómo entraste? —Ahora lo miró con fijeza, como si se hubiera olvidado del dolor.

Tengo la llave. ¿Dónde está tu carro?

¿Quién te la dio?

Pamela.

Ya.

El Cobra se sentó en una silla frente al otro.

Tenemos que ir al hospital.

Ya va a pasar.

El Cobra negó con la cabeza.

Vamos —insistió—. ¿Dónde está el Samurai? ¿Dónde están las llaves? Tenemos que correr, cabrón.

Pero vos...

No pudo continuar, soltó otro gemido y su cara volvió a distorsionarse. Se dobló hacia adelante para volver a apoyar la cabeza en la mesita.

¿Llamo una ambulancia?

Recuperándose, incorporándose de nuevo, Polo dijo:

No. Llevame vos. Las llaves deben de estar donde siempre (colgadas en un clavito detrás del bar). ¿Pero qué estás haciendo aquí a estas horas, Cobra? —dijo, y esta vez la suspicacia tiñó ligeramente su voz.

El Cobra no contestó, y, metiéndose la llave de la Casa en la bolsa de la chumpa, que el otro miraba arrugando la frente, desconcertado, se le acercó y lo levantó de la silla, tomándolo por debajo de las axilas con sus musculosos brazos.

Voy a cargarte —le dijo.

Polo cerró los ojos y contestó con una sonrisa incrédula:

Si podés...

¿Como bombero o como novia?

¿Ugh?

En brazos, así —dijo, y dobló los brazos, las palmas hacia arriba—, por adelante. —Se dio la vuelta y se llevó los brazos a la espalda—. ¿O por atrás?

Temiendo la presión en el vientre, dijo:

Como novia, si podés.

Y el Cobra, niño de la calle en Sonsonate, expresidiario y gorila de clubes nocturnos, colaborador y amigo de Polo y por último traidor involuntario, pudo. Sin gran dificultad, un brazo debajo de las rodillas, el otro por la espalda, lo levantó de la silla cual novio a novia. Con un pie abrió de par en par la puerta, y con Polo en brazos salió de la Casa Rosa.

La puerta —dijo Polo.

Dio un paso atrás y le pidió que la cerrara él mismo, y Polo la cerró. Dobló a la izquierda y de nuevo calle abajo a la izquierda y llegó hasta donde el Pessao había dejado el Samurai. En la esquina del fondo estaba un trío de travestis esperando clientes, y se volvieron para ver cómo el Cobra introducía a aquel hombre corpulento en el pequeño 4×4 japonés. Una voz tiple:

¿Y nosotras, papacito?

El trayecto hacia el Hospital Público San Juan de Dios era muy corto, seis o siete cuadras, pero a Polo se le estaba haciendo eterno.

Felicidades por el premio —dijo el Cobra—. Más que merecido.

Polo gimió.

¿Ayer no llegaste a la Casa? Pasé a felicitarte.

Polo negó con la cabeza.

Te picó un alacrán. ¿Dónde?

En la cama había uno. Otro estaba dentro de un calcetín. Como que había un nido.

¿Un nido?

Había otros.

Tal vez te los metieron.

No lo creo. ¿Quién? ¿Por qué?

El Cobra soltó una risa falsa.

La lista de porqués sería larga. Pero quién... Alguien que no quería ruido, y vos estabas comenzando a hacerlo con el premio. Todo eso.

No —dijo Polo—. Pero... ¡vos entraste anoche! ¿No?

Lo miró, sin dejar de apretarse el lado derecho del vientre, donde latía el dolor.

El Cobra evitó la mirada del otro. Dijo:

¿Cómo vas a creer?

Vos fuiste, Cobra cabrón. ¿Quién te pagó?

Callate, querés. Me vas a encabronar.

¿Cuánto te pagaron?

Lo hice por mi niño, por mi mujer. No fue por el dinero —el Cobra dijo para sí—. Los iban a matar, si no cumplía. ¿Qué podía hacer? Pero aquí estoy, para ayudarte.

Pudiste advertirme —dijo Polo.

Traté. Te llamé varias veces. No me contestaste, mano. Me tenían controlado. Pero te juro que traté.

Otro gemido; el dolor latía con más fuerza.

Pajas —dijo Polo—. ¿Cuánto te pagaron?

Tengo este patojito. Mirá. —Se había sacado la cartera, la abrió. La foto estaba en una bolsita transparente: un niño de rizos color miel, cachetudo y sonriente.

Puta —dijo Polo—, me vendiste.

Me leyó el coco, pensó. Tal vez ese efecto tenía la ponzoña, antes de matarte.

Subiendo por la llamada calle del Peligro, buscaba la Avenida Elena; dobló otra vez a la derecha. «Funeraria Getsemaní», «Hogar de Niños Rafael Ayau», «Comité Pro Ciegos y Sordos», decía en las paredes. Ahora estaba frente al hospital, en el sitio destinado a las salidas. Entró en vía contraria al estacionamiento. Siguió adelante y se detuvo junto a la puerta de urgencias. Con alivio comprobó que aquí no había cámaras de vigilancia, al menos no a la vista. De todas formas, se cubrió con el capuchón del sudadero.

Polo decía no con la cabeza.

Voy por un enfermero, ya regreso.

Remordiéndole la conciencia, lo dejó en el Samurai y entró en el hospital.

En el escritorio de la recepción no había nadie, y tampoco alcanzó a ver ninguna cámara. Pasó por unas puertas batientes al área de emergencias, donde se descubrió la cabeza. En uno de los cubículos a lo largo de las paredes, separados del corredor por cortinas color limón, estaba un hombre tendido sobre una camilla, medio desnudo. Temblaba; tal vez de frío, pensó el Cobra. Llamó:

¡Quién atiende!

Pero nadie contestó.

Había una docena de cubículos como el primero, y en cada uno había un enfermo o herido tendido sobre una camilla. El Cobra siguió por un corredor que llevaba a otro recinto, donde había un gran cartel con flechas que indicaban:

ADULTOS

PEDIATRÍA

MATERNIDAD

Siguió la flecha de los adultos y llegó a un salón de techo bajo donde había gente de pie y sentada en sillas atornilladas a lo largo de las paredes. Aquí y allá en el suelo, acostadas en diferentes ángulos, dormían figuras envueltas en mantas o cubiertas bajo cartones. Con cuidado de no pararse en ninguno de los durmientes, atravesó la sala. Desde detrás de una ventanilla con rejas un joven gordo de pelo gris y delantal verde se dedicaba a rechazar los pedidos de quienes se atrevían a importunarlo. Abriéndose paso hasta él a pequeños empujones, el Cobra exigió atención.

¡Que no hay nadie que atienda a nadie! ¿No se entiende? Los médicos están de turno y no sé dónde están las enfermeras —dijo—. Haga el favor de esperar.

Era inútil, decidió. Salió del edificio y regresó al Samurai.

La cabeza apoyada en la pequeña guantera, Polo parecía que estaba inconsciente. El Cobra le levantó el brazo derecho para pasárselo alrededor de la nuca, apretó los dientes, y tiró hacia un lado para levantarlo. La masa inerte le hizo tambalearse, pero recobró el balance. Se inclinó para pasar un brazo detrás de las rodillas de Polo y levantarlo en peso para entrar de nuevo en el hospital, por la puerta de Maternidad. Un puntito rojo en un ángulo del techo junto a la puerta: una cámara encendida. Inclinó la cabeza para ocultarse. Un hombre con aspecto de cura, delgado y casi completamente calvo, mal rasurado y con la camisa medio salida del pantalón, estaba de pie junto a la ventanilla de la recepción.

El Cobra llevó a Polo hasta una de las sillas de la sala de espera, lo acomodó y fue a hablar con el hombre de la recepción.

Lo siento —le dijo el hombre—. No hay personal. No puede entrar, no hay quien lo ingrese.

Señor —dijo el Cobra, y dejó caer con fuerza una mano sobre el pequeño mostrador—. Está muy grave. Tienen que atenderlo.

¿Es familiar del señor? —El otro había cambiado de actitud.

No. Amigo.

Tiene que venir un familiar. ¿Puede llamar a alguien? Es la única forma.

El Cobra parpadeó.

Fue hasta donde estaba Polo, intentó reanimarlo. Después de unas cuantas sacudidas y palmaditas en la cara, abrió los ojos.

¿Dónde estoy? —preguntó. Parecía horrorizado. Era en realidad, como decía Pamela, una mezcla de Sancho Panza y Don Quijote.

Con voz débil, como de borracho, Polo dijo:

Gracias, Cobra.

Necesito el número de teléfono de tu hermano, o de tu hermana, tienen que ayudarnos a ingresarte. Tiene que ser un familiar.

Polo asintió con la cabeza, cerró los ojos, dictó un número.

El Cobra marcó el número de Juan Carlos, el hermano de Polo.

Son las doce de la noche —dijo la voz de Juan Carlos—. ¿Quién es? ¿Qué pasa?

El Cobra dijo que era un amigo de Polo; tenía que ingresarlo en el San Juan de Dios.

¿Qué le pasa?

Está intoxicado —dijo el Cobra—. Una picadura, parece. Está medio inconsciente. No van a atenderlo hasta que llegue un familiar.

¿Con quién estoy hablando?

Fernando. Morales. Trabajo con Polo en la Casa.

Gracias, manito —dijo el otro—, voy para allá.

Necesito su nombre completo, número de DPI, dirección —le dijo al Cobra el hombre que parecía cura.

Después de garabatear una firma falsa en un formulario, regresó a sentarse al lado de Polo.

¿Qué más puedo hacer yo aquí? —se preguntó.

Polo se había doblado hacia adelante. Un temblor casi imperceptible le recorría los lomos de vez en cuando. El Cobra se quitó la chumpa de béisbol que había extraído del armario de Pamela, y cubrió con ella la amplia espalda del gran Polo. Volvió a salir del edificio (el hombre de la recepción ya no estaba allí), subió en el Samurai. Salió del hospital en el momento en que el hermano de Polo entraba.

22.

Estacionó el Samurai a dos cuadras de la Casa, en una calle oscura donde los travestis solían cegar las cámaras de vigilancia; embadurnaban los lentes con lápiz de labios o los cubrían con harapos íntimos. Volvió a entrar en la Casa para recuperar la mochila. Se le ocurrió borrar cuantas huellas pudiera. Comenzó por la silla y la mesa del café, que roció con un líquido desinfectante de un bote atomizador, y luego las repasó con un trapo de cocina. Se dijo a sí mismo que alguien notaría la falta de polvo. Desistió de limpiar más. Subió al segundo piso. En el armario del corredor encontró, medio oculta debajo de unas cajas de cartón llenas de alambres, una computadora nueva y los controles de las cámaras. Decidió llevarse la computadora. Tomó la funda de la almohada de Polo para guardarla, mirando de soslayo la sábana donde estaba, destripado, uno de los escorpiones. Volvió a bajar al primer piso, recogió su mochila y, usando el trapo de cocina para no dejar más huellas, abrió la puerta de la calle y salió, sin molestarse en cerrarla. En una boca de alcantarilla cerca de donde lo esperaba el Samurai, dejó caer el trapo.

Condujo sin contratiempo hacia el sur de la ciudad, rumbo al Trébol. Abandonó el Samurai en la gasolinera Puma, que estaba cerrada a aquellas horas, y, con la mochila al hombro, siguió a pie. Había una luminosidad amarillenta en el cielo, hecha de una niebla muy tenue y el alumbrado público, que daba una luz enfermiza.

En el Trébol el aire olía mal y la gente no era amable. Porque, aunque fuera pasada ya la medianoche, había gente en las aceras de la calzada y debajo del puente del paso a desnivel. Y así, semejante a otros transeúntes de aspecto descuidado y pobre con los que se cruzaba, el Cobra entró aquella noche en una estrecha zona de realidad aparte incrustada en plena ciudad capital. Conocida como el Mercado del Ángel, en el margen circular de una de las hojas del Trébol, entre la Calzada Roosevelt y la Simón Bolívar, bajo un cielo ennegrecido por numerosos cables de alta tensión o de teléfono, se expande una red de puestos de venta y hoteles de paso de una gran densidad. Un área de unos cinco mil metros cuadrados, donde el alquiler es más caro que en cualquier otro lugar de la república —sin excepciones. Ahí tenía el Cobra una red de amigos. Ahí, por algún tiempo, se refugiaría.

Este es un mundo aparte —le había dicho alegremente la vieja amiga de su madre, quien lo introdujo en el mercado, recién llegado de El Salvador, durante su primer fin de semana franco.

Ahora andaba a paso rápido pero sin hacer ningún ruido; calzaba un par de Adidas auténticos, comprados cerca de ahí, en una de esas callecitas como de bazar turco, en una de las pacas de contrabando que manejaba un amigo. Las líneas negras que obstruían el cielo se hacían cada vez más densas. Había poca gente en los pasadizos y corredores que de día bullían de mercaderes y compradores en puesto tras puesto de ventas de bolsas y mochilas, de chumpas, de fruta fresca, de licuados de fruta, de bicicletas, de peluches y pelotas y electrodomésticos, de artículos de boxeo, gorras y equipos para buzos; las ventas de DVD o los podios de evangélicos y las cervecerías, las pensiones, los clubes, las mujeres; el Golden Palace (un turista rubio y de ojos claros, inyectados en sangre, la mirada perdida, en la puerta); el Bar Tijuana («Q 50.00 la 1/2 hora»); los pequeños hoteles de paso, donde todavía había actividad.

Mujeres de todas las edades, para todos los gustos (absténganse los melindrosos). Caras sonrientes o melancólicas. Bellezas trigueñas y rubias, naturales o teñidas; gordas y flacas; bajitas y altas; con o sin silicona.

Una mujer con cuerpo de deidad africana, un prodigio anatómico, casi tan alta como el Cobra, nalgas de hotentota, pechos inmensos, gran amiga de su madre, que en paz descanse. Y salvadoreña. Sobre su cabeza, hacia la izquierda, un letrero de neón: «Bar El Olvido #2».

Un abrazo muy apretado.

Necesito esconderme —dijo el Cobra desde dentro del agradable refugio de brazos y pechos, envuelto en la nube del fuerte perfume de la mujer.

Ella, los labios pegados a la oreja:

Entonces, cipote, sos mío.

Lo tomó de la mano y lo condujo a un edificio de tres pisos al lado del Olvido. Pasaron por una puerta amplia reforzada con rejas de acero, sin letreros. Dos mujeres sentadas en sillas de plástico, las piernas abiertas, vigilaban la entrada. Subieron un largo tramo de escaleras, y entraron en un corredor angosto y oscuro, con puertas a ambos lados y un marco donde decía «Baños» en el fondo. Olor a cemento húmedo, desinfectante y jabón.

El cuarto donde entraron era más largo que ancho pero tenía una ventana que daba sobre el mar de toldos de plástico y techos de lámina del mercado. Por ahí se veía un poco de cielo, o de bruma luminosa. Una cama ancha con su mesita de noche; una mesa de plástico, dos

sillas, una cómoda y una televisión. En el fondo, un jacuzzi, un gran espejo.

No me contés nada —le dijo la mujer al Cobra—.
Pero ¿cuánto tiempo?

No estoy seguro.

Estás como en tu casa. Voy a pedir un levantamuer-
tos, ¿te parece?

¡Gracias!

Vamos a divertirnos, mi amor, ya regreso —le dijo
ella, y salió del cuarto.

23.

El Cobra, tumbado de espaldas en la cama, cerró los ojos y soñó.

El asfalto está mojado. Los árboles verdinegros pasan a izquierda y derecha. Hay olor a lluvia. La camioneta vuela por el aire, a ras de las copas de los árboles. Pero vuela sobre un país que no conoce. Goya, la pequeña Goya de Toó, está a su lado, en el asiento del copiloto. Aquí podemos bajar, le dice. Aquí nadie te va a encontrar. Y de pronto están en tierra, en un camino de lodo en medio de un bosque de grandes árboles. Este es mi reino, dice ella.

Se despertó con sobresalto.

La mujer con formas de diosa africana estaba de pie entre la mesa y la cama.

Cobrita —dijo—. Levantate. Esto va a caerte bien.

Estaba en bata, con sendos tazones humeantes con el caldo de gallina, que puso sobre la mesa.

Bueno, mami. —Despacio, con parsimonia, se levantó de la cama—. ¿Qué hora es?

Van a dar las cinco.

Se sentó a la mesa frente a la mujer. El olor del caldo era reconfortante.

Ella:

Decime, más o menos cuánto.

Un sorbo del caldo, demasiado caliente, le quemó los labios.

Un mes, tal vez un poco más.

Para siempre, entonces —se rio ella—. No hay problema.

Gracias. Necesito un par de cositas. Tengo billetes. Bastantes billetes.

Eso es bueno. Cuidalos.

Pero hay un problema. Creo que son falsos.

Sacó el rollo de billetes que tenía en la bolsa de canguro del sudadero.

Hay casi quince mil.

Algo valen —dijo la mujer, sin darle importancia—, si están bien hechos. ¿Qué más querés?

Comida y wifi, nada más.

Tenemos la mejor señal en toda la ciudad —le dijo ella—. Luego me encargo de eso. —Miró el rollo de billetes que el Cobra dejó sobre la mesa a un lado de los platos.

Tomalo todo. Y otra vez, mil gracias, mami. —Se pasó una mano por la cara—. Y si se puede, ¿me subís la prensa?

La mujer se levantó, le dio un beso maternal en la cabeza al Cobra y salió del cuarto. El Cobra se volvió hacia la única ventana, que miraba a oriente. Con la aurora, la bóveda del cielo sobre el Mercado del Ángel, más allá de una espesa nervadura de cables, era de color salmón.

Necesitaba dormir, antes que nada. Se levantó de la mesa y fue a bajar las persianas. Se estiró una vez y se acercó a la cama, limpia y bien acolchada. Se dejó caer de cara sobre las almohadas, se quedó dormido.

Al atardecer, la mujer entró en el cuarto.

Pero Cobra, ¡aquí no se respira!

Atravesó la habitación para levantar las persianas, abrió la ventana. El cielo era un rectángulo resplandeciente.

Por Dios —le decía ella—, apestás como tres juntos. ¿Hace cuánto que no te bañás? Hay tina, mirá. —Indicó el jacuzzi con un movimiento de la cabeza—. Aseate, por favor. ¡Esos pies! Es increíble.

Él ya había oído esa canción. Dijo:

No es para tanto.

La mujer estaba a su lado, se inclinó sobre la cama.

Apestás, mi amor, de verdad. Vení, te doy un buen baño.

Qué hueva —protestó.

Si no te aseás, te vas. ¡Puerco!

Acabo de tirarme un pedo, perdón.

No sé cómo te aguanta tu mujer.

Conteniendo la respiración, ella lo agarró de una mano, tiró.

Te voy a enjabonar arriba y abajo del ombligo, nada más.

Él cedió por fin y la siguió hasta la bañera. Mientras le ayudaba a desvestirse, la deidad africana abrió la llave del caño, y un grueso chorro de agua cayó ruidosamente en la tina de fibra de vidrio, que tenía chorritos de masaje en la zona de la nuca, la cintura y los pies.

Él se metió en el agua caliente. Ya en modo bebé, se dejó hacer.

24.

Años atrás, un Cobra aún adolescente, hijo natural de un juez salvadoreño y una bailarina de Río de Janeiro establecida en Sonsonate, había llegado a la capital de la pequeña república cuando apenas comenzaba su complicado proceso de desintegración. Fue directamente de la terminal de buses a La Sacristía, una tienda de antigüedades en la zona uno, cuya dirección le había dado el juez.

El hombre de aspecto bonachón y de fondo peligroso que lo recibió en La Sacristía le llegaba al hombro al Cobra. Tenía el pelo muy blanco, pero su apretón de manos fue férreo.

Llegué a pie —dijo el joven salvadoreño, satisfecho y sonriente.

Si serás pendejo. O tal vez no tanto, que aquí los buses son una eme. Je, je. Pero bienvenido, patojo —le dijo el anticuario—. Si estuvieras menos shuco te diría que te sentaras. —Señaló unos sofás de cuero en el centro de la boutique, que olía a mueble viejo—. Hay una pupusería en la esquina, al salir del edificio. Tomá. —Le dio unos quetzales—. Comé algo. Paso por vos en un momento, solo voy a cerrar.

Al principio, temió que el anticuario fuera hueco, porque tenía unas maneras demasiado refinadas. Pero, como lo bonachón, era pura apariencia.

Lo fue a recoger en la pupusería y lo llevó en su automóvil, una Suburban azul, hasta su casa de residencia, en un barrio lujoso llamado La Cañada, una lengua de tierra entre dos barrancos.

Su esposa lo había abandonado hacía unos meses. Se había ido a vivir a California, dijo el anticuario, y le dejó al hijo, que tenía entonces nueve años. Se llamaba Jacobo y sufría un severo retraso mental. Doña Matilde, la nana, lo cuidaba. Parte del trabajo del Cobra consistiría en hacerle los mandados a esa mujer. Cuando tuvieran que salir con Jacobito, usaría el carro que había sido de la señora, una Volvo Excellence de modelo reciente.

La madre de Jacobo era gringa y vivía en San Francisco, California, adonde se había ido a vivir en casa de unos parientes, decían. No volvieron a tener noticias de ella y don Emilio tampoco la buscó. «La interfecta», la llamaba cuando era inevitable mencionarla.

Viviría con don Emilio, Jacobo y la nana en esa casa, en La Cañada, en un cubículo mal iluminado y húmedo, pero bastante espacioso, en el sótano, debajo del garaje. Había un ventanuco que daba sobre el barranco, por donde entraba un poco de luz. (Podía ver, tumbado en su cama, las manos detrás de la cabeza, un retazo verde de maraña del otro lado del barranco, o una cortina movible de niebla o de lluvia, según la estación.)

Ah, y comenzaría ganando el salario mensual mínimo. Más los bonos y el aguinaldo navideño, por supuesto. Si todo iba bien, habría algún aumento.

Mirá que te estoy dando alojamiento y alimentación. Y el trabajo es suave. Te vas a pelar mucho la verga, patojo —le dijo el anticuario.

El Cobra dio las gracias. Así tendría tiempo para instruirse, agregó.

No te me vayás a instruir más de la cuenta, no te pasés de listo —le advirtió el otro en un tono que parecía más burlón que amenazador. Pero no tardaría en comprobar que al viejo no le gustaba verlo leer, y comenzó a ocultarse para ojear PDF o libros viejos de poesía o de historia universal.

V. El telele

25.

Hacía más de seis meses que se habían encontrado en el Country Club, y hoy los campos no estaban tan verdes como entonces, aunque, con la aprobación unánime de los honorables miembros, pero en contra de lo que dictaba la ley, la gramilla era regada noche tras noche.

Aquel sábado don Emilio y el doctor Loyola llegaron al mismo tiempo, pasaron las talanqueras entre la bruma uno tras otro, don Emilio en su Audi y el doctor en una Cherokee verde, y estacionaron uno junto al otro. Sin decir palabra, un dedo en los labios, el doctor indicó al anticuario que dejara su celular en el Audi, y el anticuario obedeció.

Muchas cosas daban vuelta por su cabeza. Acababa de recibir un mensaje de texto que, en medio de la red de problemas que se le venía encima, le aliviaba sobremanera. «Aquellos no la chorrearon —decía—. El trescientos sí era tu muchacho. La señora lo reconoció».

Vamos directo al campo —dijo el doctor, cerrando su portezuela, entre los bips de encendido de las alarmas—. Como están las cosas, tal vez han puesto a funcionar las cámaras. No estoy de humor para sonreír —se sonrió.

Anduvieron un momento en silencio.

Jacobito nos ha dado un par de sorpresas —dijo luego el doctor, sin volverse a mirar al otro. La bruma se alzaba rápidamente y el sol, que apareció frente a ellos, los encandiló. Viraron hacia la derecha sobre la gramilla, cubierta de un rocío que parecía escarcha, para evitar el exceso de luz.

¿Cómo, una sorpresa?

Su retraso no es *real.* O, más bien, es solo un retraso expresivo, y muy parcial... Creemos que ha estado fingiendo desde hace algún tiempo.

No entiendo.

La apnea, la hipoxia, le dañó una zona del córtex y afectó su capacidad de habla. No camina ni se mueve como la gente normal a causa del mismo daño, eso lo sabemos. Pero es todo. Conservó su capacidad para entender. Entiende más de lo que yo pensaba. Mucho más.

¿Y?

El doctor soltó una risita que a su compañero le pareció siniestra.

Pues se ha ido enterando de todo, o casi. ¿Vos sabías que su nana lo visita cada quince o así? Ella le ha echado una mano. Y ella también se ha ido enterando, por cierto.

No entiendo.

Tu hijo, Emilio, es tan listo como vos, si no más.

No sé de qué me estás hablando.

Durante todos estos años. ¿Ocho? Ha ido tomando la película. Tal vez no lo sabe todo —dijo el doctor—. Pero sabe más de lo que a vos y a mí nos conviene.

Sigo sin entender.

Mirá. No tenemos mucho tiempo. Voy a comenzar por lo más desagradable. Tenés que saber que tu hijo no puede verte.

¿Cómo?

Como cualquier adolescente. Pero peor. Y no le falta razón, diría yo, si me pongo en su lugar. Sueña con tu muerte.

El doctor se había detenido y observaba a una joven que tanteaba el *swing*. No quedaban rastros de bruma y el blanco de los pantaloncitos de la golfista y el de las pelotas a su alrededor parecía que emitían luz propia. Su sombra era muy larga sobre el verde y amarillo de la grama, hacía pensar en un insecto fantástico. De pronto, se puso en movimiento (el cuerpo arqueado, el palo detrás de la cabeza; luego el *downswing*, el *swish*, el *crack*), y la pelota voló por el aire y se perdió de vista.

Nada mal, ¿eh? —dijo el doctor.

Don Emilio no respondió. Miraba fijamente a su interlocutor y respiraba con cierta agitación.

Mirá bien todo esto, Emilio —siguió diciendo el otro, recorriendo con la mirada las colinas del club y el trasfondo de montañas azules y volcanes de conos casi perfectos—. Es posible que no lo volvamos a ver.

Don Emilio miraba el suelo junto a sus pies; sacudió la cabeza.

Yo por lo menos —siguió el doctor— me voy a largar pronto. Muy pronto. Y te aconsejaría a vos que hagás lo mismo.

¿Vas a explicarme de qué me estás hablando?

De todo, Emilio. Para eso te cité, cerote.

Soy todo oídos.

Jacobo ya tiene más de quince. Yo ya no podré tenerlo en Los Cipreses, si él se quiere ir. Así es el reglamento. Y querrá irse, sí.

Don Emilio comenzaba a comprender.

¿Qué es lo que decís que sabe?

Por ejemplo, que tu casa, la casa de La Cañada, es suya. Está a su nombre.

¿Eh?

¿No está a su nombre?

Don Emilio se pasó una mano por la cabeza, asintió.

Eso lo supo por la nana.

India maldita, pensó don Emilio. A él también lo visitaba. Para orejear, era claro. Le llevaba hongos de San Juan en junio, al empezar la estación; elotes tiernos en agosto o septiembre, antes de la tapisca; y tamales navideños.

Sabe que estás en problemas. Sigue las noticias, el pisadito. Usa las redes.

Su puta madre.

Eso —dijo el doctor—. Ya le cayeron, ¿no? A tu casa.

¿Qué casa?

La butic.

Sí. Pero no encontraron nada.

Estás en shock —dijo el doctor, y tomó a don Emilio por los hombros. Estaba, en efecto, en estado de shock.

¿Cómo puede ser eso? —preguntó.

¿Cómo puede ser qué?

Que su coco funcione. Me habías dicho que nada de nada.

A veces —dijo el doctor, dirigiendo la vista a un punto en la distancia hacia donde estaba el volcán de Agua— esas cosas suceden. Hay un caso conocido. Una ingestión accidental de zolpidem, ese somnífero...

Lo he usado, sí.

Siguieron andando en silencio.

Un muchachito que padecía de una tara parecida a la de tu hijo, pero mucho peor, era prácticamente un vegetal. Estado Vegetativo Persistente. Lo ingirió, ese inductor del sueño, ya no recuerdo en qué circunstancias. En Sudáfrica, en el año dos mil o por ahí. La cosa es que tuvo un efecto paradójico, algo espectacular. El paciente recuperó el habla, así por así. Despertó y estuvo hablando durante horas después de la ingestión. Eso ha hecho historia. Existe un protocolo centrado en ese caso. Difícil de creer. Y sin embargo...

¿Y vos, cómo te diste cuenta?

Eso es lo interesante. Otro accidente. Porque Jacobito no quería que lo supiéramos. Claro. Se seguía haciendo el mudo, el cerotillo. —El doctor se rio, mientras sacudía la cabeza en señal de incredulidad—. Nos estaba jaqueando, Milo. Si no es por eso, tal vez no llego a enterarme. Un verdadero peligro, el babosito. Un actorazo, además.

¿Y cómo te enteraste de que te estaba jaqueando? —Don Emilio había comenzado a desconfiar incluso del doctor.

Un compañerito lo chilló —explicó el doctor.

¿Lo chilló?

Eran amigos. Pero se pelearon por algo. Una tontería. El otro le contó a su psicóloga que tu hijo... Miraban porno juntos.

Ya —dijo el anticuario; de esas cosas sí entendía—. Ya.

Se acercaban al séptimo hoyo; una golfista madura estaba a punto de tocar la bola en el *green.* Los dos hombres, que la reconocieron (era la mujer de un empresario de la construcción, prófugo de un día para otro como tanta gente buena por aquellos días), se desviaron ligeramente para no tener que saludarla.

¿Y él sabe que sabés? —preguntó don Emilio.

El doctor negó con la cabeza.

Siguieron andando en silencio. Después de un rato, don Emilio:

¿Podés mandármelo a la casa con tus muchachos?

Harán falta dos. Sin problema —dijo el doctor—. ¿Pero a qué casa?

A la suya.
Ya. ¿Y a qué hora lo querés?
¿Se podría a las diez?
El doctor dijo que sí, se podía.

26.

De nuevo al volante del Audi, don Emilio encendió su celular. Había varios mensajes urgentes en el buzón. El primero de Federico, su colega anticuario y amigo de correrías: *Estoy con el telele, querido. Hoy creo que sí. Plan C, all the way!* El otro, de uno de sus abogados, pero desde un número desconocido: *Pelátelas, manín.*

Mandar mensaje de texto a Carlos —le dijo a su teléfono inteligente, conectado al audio del auto.

En la casa mañana, que es mi santo, a las diez —dictó.

Por el caso de corrupción masiva en el que estaba involucrado como operador y contacto entre funcionarios del gobierno y empresarios, tarde o temprano, le había dicho su abogado, lo iban a citar.

La casa de La Sacristía había sido allanada hacía una semana, y desde entonces don Emilio había estado ocultándose. Hablaba con la muchacha que la atendía, una joven estudiante de historia del arte, especializada en el barroco colonial, pero, urgencias aparte, él prefería no pasar por allí. No habían girado todavía, que él supiera, una orden de captura en su contra; era solo cuestión de tiempo. No había suficientes policías para tantos implicados, pensó. Pero ya se sentía como el zorro que oye, a lo lejos, el ladrido de los perros.

Un amigo griego establecido en el país desde hacía más de diez años le ofrecía *(Pame volta)* un vuelo en helicóptero. Pero ¿adónde ir?, se preguntaba.

Condujo el Audi hasta un taller mecánico a un par de kilómetros del club, camino de la Antigua, cuyo dueño, un excompañero del colegio, le había ayudado a salir de más de un apuro en el pasado.

El excompañero no estaba en el taller en ese momento, pero el encargado recordaba a don Emilio. No hacía falta explicar nada. Quería poner el Audi en venta, simplemente. El encargado llamó a su asistente para que revisara el auto y don Emilio firmó una hoja de entrega. Un rayón en el guardafangos izquierdo. Tanque a la mitad. De acuerdo.

En un taxi que pidió desde el taller, atravesó la ciudad hacia el centro. En la Quinta Avenida y Novena Calle se bajó del taxi y anduvo hasta la peluquería Mynor, donde no había entrado nunca. Se hizo rasurar los bigotes y teñir de negro el pelo. Algo era algo.

Anduvo Quinta Avenida abajo y entró en Mi Favorito, una sastrería y tienda de ropa para hombres. Se compró un traje de dos piezas verde y una corbata naranja. Irreconocible, pensó, mientras miraba su imagen en el espejo. Un güizache cualquiera.

Entró en una cafetería y pidió un almuerzo ejecutivo y una limonada. Volvió a revisar sus mensajes, mientras el plan de evasión que había estado urdiendo con urgencia iba cobrando forma.

Pagado el almuerzo, se dirigió a La Sacristía, que quedaba a pocas cuadras. Y, simulando un andar relajado, con una falta de prisa fingida, sin asomo visible de urgencia, escribió y mandó mensajes de texto. Necesitaría, muchas gracias, el helicóptero para las once de la mañana del día siguiente, domingo, en la casa de La Cañada. Tenía un amplio jardín con grama que orillaba el barranco, donde marcaría con cal dos círculos concéntricos para orientar al piloto. Destino: el lago de Atitlán, donde don Emilio tenía, cerca de San Pedro, un pequeño chalet. Aterrizarían en la cancha de fútbol del pueblo, como era la costumbre. Su amigo entendería: alguien de la fiscalía iba a leer tarde o temprano ese mensaje. Pero él pediría al piloto que lo llevara a su casa del puerto. Una tiburonera, propiedad de un narco-lanchero de toda su confianza («Tiburón enamorado», le decían a él y así le puso él a su nave), lo recogería en la playa, y en menos de dos horas navegarían ya en aguas de El Salvador, fuera del alcance de los tentáculos de la dudosa y agonizante ley de la pequeña y trágica república decorativa.

*

Eran las doce y media y en la butic, que solía cerrar a mediodía, no había nadie, aparte del perro guardián. Don Emilio le oyó gimotear alegremente detrás de la puerta mientras hacía girar la llave, quitar el candado y descorrer el cerrojo.

Cuando los minutos están contados —decía el maestro— lo importante es asignar una acción a cada instante.

Ve al *secrétaire* Luis XVI (caoba de Anjou) y saca las escrituras del terreno en Atitlán, escondidas detrás de una chapa de bronce. Si el perro te sigue, déjalo. La cédula real... Déjala estar. Toma los diamantes de la abuela de tu primera esposa, escondidos en el marco del cuadro (de poco valor) de una paisajista alemana que vivió en aquella hacienda cafetalera, representada en el mismo cuadro, cerca de Cobán. Toma la mascarita de jade y la joyita maya de nácar de la caja fuerte de la sala, y las acciones del banco y los títulos de esta casa y los otros, a nombre de Jacobito, patojo cabrón. Llama un taxi. (Llegará en cinco minutos.)

Ve por una toalla grande al cuarto de baño. Toma el revólver de la caja fuerte que está en el clóset del dormitorio. Ahora vamos al último patio, a la casita del perro, pobre. Como en aquella película de espías, antes de evadirte, tendrás que sacrificarlo. Venga, venga, Rex. Vamos, eso es, campeón. Ponle la toalla alrededor de la cabeza, envuelve también el revólver, un viejo Smith & Wesson .38 cañón corto, para que haga menos ruido y también para evitar que la sangre te salpique.

Ya está.

Hay, en este patio, un pozo inservible desde hace muchos años. La toalla, hecha una pelota, no se ve en el fondo.

Guarda el arma, por si acaso.

Deja un poco de desorden por todos lados, para que crean que entró un ladrón.

Ahí está el taxi.

A La Cañada, por favor.

Presidente de la República declara persona non grata *al comisionado de las Naciones Unidas contra la impunidad y exige su inmediata salida del país,* decía el radioperiódico que el taxista venía oyendo.

Segundo libro
INTERVALO

Vivimos varias vidas que se yuxtaponen, se cortan y se entrelazan de manera misteriosa. Si son esencialmente afines dos estados mentales pueden conectar uno con otro sin ser contiguos en el tiempo. A veces, en la quietud que precede al sueño, acostados en nuestro cuarto, nos parece que solo la parte del pasado que ha transcurrido en esa parcela es nuestra realidad. Lo demás, lo ocurrido del otro lado de la puerta, no fue. Así, al volver de algún viaje, cuando nos vemos en el espejo de todos los días, es como si nunca nos hubiéramos ido. El intervalo fue una alucinación.

I. *Ixtantlalok*

27.

Fue para su cumpleaños número nueve, el domingo 26 de junio del año 2011, cuando Jacobo retomó el hilo de la vida verbal. El prolongado letargo de su actividad lingüística terminó gracias a un acto de curandería ejecutado por doña Matilde, la nana. Había estado esperando ese día propicio con impaciencia, y fue a visitarlo a Los Cipreses para celebrarlo, como había hecho año tras año, en compañía del gato de Jacobo. (En Los Cipreses toleraban las visitas de mascotas en las áreas de menores y de ancianos; el doctor Loyola se jactaba de ser pionero en la región de las terapias asistidas por animales.) Esta vez llevaba para darle, además de las tortillas de maíz y unos tamalitos dulces, un hongo seco color carne del tamaño de una hostia. En vida, este hongo prodigioso tiene el color de la sangre recién derramada y su sombrero, que recuerda un glóbulo gigante, está adornado con motas blancas. Pocos son quienes conocen sus cualidades curativas o sus poderes mágicos, incluso en Toó, donde el común de la gente lo cree venenoso y evita su contacto. (*Kakulhá*, «trueno y relámpago», lo llaman, o ixtantlalok.) Dicen que hay quienes, al ingerirlo, perciben a su lado a personas ausentes, a quienes hablan como si estuvieran ahí y quienes les contestan. Sus pupilas se dilatan: lo que perciben se ensancha. Un pequeño orificio puede parecer un pozo muy hondo; una marmita llena de agua, un lago inmenso.

Ella puso en la boca del niño aquella forma extraña, lo forzó a masticarla y engullirla. Le ordenó meterse en la cama y lo arropó. Sacó el gato que llevaba en su canasto, envuelto en un perraje, y lo puso sobre el pecho de Jacobo, que sonrió al sentirlo ronronear. Más o menos dos horas más tarde, mientras la nana le susurraba al oído ensalmos en una mezcla de quiché y español, como si volviera de un sueño profundo, el niño salió del estado de vigilia sin respuesta en el que había recaído meses después de su injustificado internamiento.

El fondo de su visión interior era de un color rojo brillante, pero de pronto, como por un golpe de luz, se convirtió en azul. Allí flotaban masas de materia opaca; podía distinguir, con cierto esfuerzo, un como lío de gusanos traslúcidos o —y Jacobo se rio en medio de estas visiones como no lo hacía en mucho tiempo— un montoncito de fideos de cristal. En primer plano, vio algo que podía ser una medusa que alargaba en varias direcciones sus finos tentáculos, suspendido en el vacío. *Yo soy. Yo soy. Yo soy*, decía una voz callada que parecía venir de un lugar en su interior, pero que alguien más producía. La cadencia de su corazón resonaba en su cerebro. Otro objeto, parecido al primero, entró en su campo de visión. Igual que el anterior, movía sus bracitos en esta y aquella dirección, buscando a ciegas alguna forma de contacto. Jacobo movió las pupilas de un lado para otro, como lo haría un ciego, sin levantar los párpados. De pronto dos finos tentáculos rosados y amarillos de este y aquel ser llegaron a tocarse, y todo se transformó. Una conexión dio lugar a otra, otra medusa, otra ameba, otra palabra apareció, y luego otra y otra, para formar una larga cadena de colores, que se bifurcaba en otra, que se bifurcaba en otra, en esta, aquella y aquella otra dirección, en sentidos que se encontraban ahora y ahora se desencontraban, formaban pirámides de colores y espirales y esferas irregulares dentro de las que había otras esferas, en un paisaje interior que se encendía y luego se apagaba, como fuegos artificiales en la noche, y, después de una pausa, un momento de quietud, todo volvía a comenzar.

*

¡Había recuperado el habla!

Por puro milagro, dijeron los doctores. (Y doña Matilde no iba a sacarlos de su error.) Uno mencionó el efecto paradójico de cierto fármaco inductor del sueño, descubierto por casualidad en un hospital en África. Jacobo pudo ingerir unas pastillas gracias al descuido de una de las enfermeras, que administraba un medicamento (del grupo de los llamados Z) a un paciente anciano, insomne crónico, estaban diciendo, cuando la mujer de Toó tomó su canasto, donde había metido al gato envuelto en su perraje, y salió, oronda y ufana, del sanatorio. Las estrellas parecían palpitar en lo alto y varias venas de lava se veían en las faldas, más negras que el cielo nocturno, del volcán de Pacaya, el de perfil como de tetas de perra.

El doctor Loyola, por su parte, no creyó oportuno notificar a don Emilio en aquel momento sobre este prodigio seguramente accidental y probablemente pasajero.

Para hacer tolerable la espera entre visita y visita de la nana, Jacobo se puso a llevar la cuenta de los días. (Ella le traía una ración de interés y cariño que se le había hecho necesaria, y su ausencia le dolía.) Y ella decidió ir a visitarlo todos los domingos, en vez de cada quince días. Le enseñó a leer, aunque tanto los enfermeros como el doctor Loyola lo juzgaban incapaz, o refractario a la lectura. Incluso comenzó a enseñarle los rudimentos de su propio idioma. Aprendió a contar en maya y a decir los nombres de los días. Leyeron juntos, en quiché y en español, varios pasajes del *Popol Vuh,* el Libro del Consejo, cuyo capítulo segundo se convirtió en la lectura favorita de Jacobo. Mientras tanto, en Los Cipreses seguían administrándole medicinas que sabían mal y lo adormecían. Gracias a la nana aprendió a ocultar debajo de la lengua las pastillas, para escupirlas al primer descuido de sus guardianes.

28.

Llegó al sanatorio tarde una tarde de julio de mucha lluvia, acompañado por su madre, que no dejaba de llorar. Era alto y delgado. No caminaba bien, sino un poco torcido, como de medio lado. Probablemente él y Jacobo no se habrían hecho amigos si aquella noche no hubieran compartido el cuarto, porque ninguno de los dos era hablador y cada uno vivía en su propio mundo. Pero el sanatorio estaba lleno y el cuarto donde dormía Jacobo era espacioso. Los enfermeros no le preguntaron si estaba de acuerdo o no, y él no se atrevió a protestar cuando llevaron la segunda cama y le advirtieron que esa noche compartiría con otro niño el cuarto.

La mamá del niño nuevo entró secándose las lágrimas de las mejillas y saludó a Jacobo, que estaba acostado en su cama, como si lo conociera. Tal vez los enfermeros le habían dicho su nombre, pensó Jacobo. El corazón le latió con fuerza y las orejas se le calentaron cuando ella se acercó a su cama y le dio un beso largo y afectuoso en la mejilla. Su olor dulce lo envolvió, y decidió que era la mujer más bonita que había visto en su vida.

Cuida mucho a mi hijo, ¿sí? Se llama Álex. —Miró de un niño al otro—. Cuídense mucho entre los dos.

El llanto, que quería volver, le hizo sacudir la cabeza cuando, después de besar a su hijo en la frente, salía del cuarto. Al cruzar la puerta la emoción pudo con ella, y soltó un sollozo. Los muchachos se quedaron en silencio, intercambiando miradas.

Poco después les llevaron la comida: consomé de pollo, una pata de pollo cocido, puré de papas y ensalada de remolacha. Como Álex no quiso probar nada, una enfermera lo obligó a beber, con una pajilla, una botellita de Ensure. Cuando volvieron a estar solos, con la luz apagada, Álex preguntó:

¿Te dejan usar computadora?

Jacobo contestó que no sabía. Él no había usado ninguna, todavía, reconoció con un sentimiento de impropiedad. Había dos en el salón de recreo, y algunos internos las usaban, pero él nunca lo había intentado.

Yo tengo la mía, pero al llegar aquí me la quitaron —se quejó Álex—. Dicen que me hace mal jugar. Lo que me hace mal es no jugar.

Fijo —acordó Jacobo.

¿Dónde está ese salón?

Jacobo miró hacia la ventana, que las ráfagas de lluvia golpeaban de vez en cuando.

Allí hay un jardincito. Del otro lado está el salón.

Okey.

¿Qué hace tu papá? —quiso saber Jacobo.

Tiene una finca.

¿Y tu mamá?

Vive en la finca.

¿Finca de qué?

Vacas y caballos.

¿Dónde queda?

En la costa.

¿Cerca del mar?

Álex lo miró.

Topa en el mar.

Jacobo imaginó a la madre de Álex montando a caballo. Galope tendido en la playa. Y él montaba en la

176

grupa detrás de ella, los brazos apretados alrededor de su cintura.

¿Montás caballo? —preguntó.

No. No me interesan los caballos.

Okey.

Se quedaron en silencio. Fuera, no paraba de llover.

29.

El papá de Álex, un señor con influencias, pidió que su hijo se quedara con el cuarto de Jacobo, y a Jacobo lo pusieron en un cuarto más pequeño, pero a él no le importó.

Álex consiguió permiso para usar una de las viejas computadoras en el salón de recreo. Pasaba ahí horas enteras, hasta que los enfermeros lo obligaban a salir al jardín a tomar el sol o participar en algún juego terapéutico.

Álex le enseñó a Jacobo a navegar por el espacio cibernético. Así, los dos se divertían sin que los cuidadores pudieran interferir. Había que evitar que nadie se enterara de qué sitios frecuentaban. Era necesario borrar todas las huellas, decía Álex. Consiguieron, gracias a su genio numérico, penetrar en el sistema informático de Los Cipreses, y se entretenían leyendo la correspondencia, llena de mentiras y exageraciones, que los doctores mantenían con sus familiares.

Pero un día Álex desapareció.

Cuando Jacobo preguntó a los enfermeros dónde estaba su amigo, la respuesta fue:

¿El Espárrago? (padecía el síndrome de Asperger). Su papá se lo llevó. No estaba contento aquí.

Yo tampoco estoy contento —dijo.

Contáselo a tu papá.

Durante algún tiempo Jacobo buscó a su amigo en las redes, pero sin éxito.

Ahora más que nunca, más que como un enfermo, en el sanatorio se sentía como un preso.

*

Un día que navegaba al azar, Jacobo vio en la pantalla una cara que le pareció familiar. Comprendió de golpe que era el Futuro, el amigo de su padre. En ese momento el dolor volvió a moverse en su interior. Todo lo que había querido en aquel tiempo y ya no estaba ahí apareció ante él y revivió por un momento, como en una alucinación.

El Futuro se había convertido en un hombre importante. Su cara aparecía con frecuencia en la pantalla. Prometía muchas cosas buenas para la gente. El pueblo, decía él. Iba siempre vestido de color naranja, acompañado por una mujer.

La nana le explicó que, ese año, al Futuro lo habían hecho presidente. Él mandaba, ahora, en todo el país. La nana decía que no era un buen hombre, que había matado a mucha gente, a muchos indios, amigos y parientes de la nana. Jacobo llegó a malquererlo tanto como a su papá. En su imaginación, era uno de los demonios o señores de un lugar debajo de la tierra del que la nana le hablaba.

30.

Se encerró en su cuarto, y, dándole la espalda a la camarita en el techo a un lado de la puerta (una cámara que de todas formas nadie controlaba), sacó el *Libro del Consejo* de la funda de su almohada, y, como por voluntad propia, el libro se abrió en la página catorce, donde empezaba el pasaje favorito de Jacobo.

... Y estos mensajeros eran tecolotes:

Chabi-Tucur era veloz como una flecha; Huracán-Tucur tenía solamente una pierna; Caquix-Tucur tenía la espalda roja y Holom-Tucur solamente tenía cabeza, no tenía piernas, pero sí tenía alas.

Los cuatro tecolotes mensajeros llegaron al patio donde estaban jugando pelota Hun-Hunahpú y Vucub-Hunahpú, en un lugar que se llamaba Nim-Xob Carchah.

—¿De veras han hablado así los Señores Hun-Came y Vucub-Came? —que así se llamaban los Señores que enviaban su recado con los tecolotes (y que eran, en la mente de Jacobo, su padre y el Futuro).

—Es cierto, han hablado así.

—Está bien —dijeron los jóvenes—. *Aguardadnos, solo vamos a despedirnos de nuestra madre.*

Fueron a su casa y dijeron a su madre:

—Nos vamos, madre nuestra. Los mensajeros han venido por nosotros. Pero aquí se quedarán nuestras pelotas —agregaron. *Y fueron a meterlas en un hueco que había en el techo de la casa. Luego dijeron—: Ya volveremos a jugar...*

31.

Cuando Jacobo se enteró de que el Futuro estaba en la cárcel fue feliz. La nana repetía que él había matado a mucha gente, a miles de hombres, mujeres, niños y ancianos, pero lo habían encerrado por ladrón. Y con él habían encerrado a muchas personas más. Gente del gobierno y gente que hacía negocios con el gobierno, como su papá. Pero a él, que Jacobo supiera, todavía no lo habían encerrado. Algún día, esperaba, eso iba a ocurrir.

No volvería a ver a su madre. No en este mundo, decía la nana. ¿Pero seguramente en el otro?

Casi nunca pensaba en ella. Se fue demasiado pronto, y su recuerdo se borró pronto también. La nana le había contado que se había puesto muy enferma en la ciudad de San Francisco, adonde se fue a vivir. Había muerto poco después y la casa de La Cañada sería de él cuando fuera grande.

Y la nana también le decía que las cosas cambiaban, que el momento, la fecha, había llegado, ese año. Lo llamaban el Oxlajuj Baktún, «un Señor muy poderoso hecho no de carne sino de años». La era de su gente había comenzado. Un cargador de buena suerte había llegado, decía. Otro tiempo iba a empezar. Y sin embargo, nada cambiaba, pensaba Jacobo. Pero el Futuro estaba en la cárcel, y eso le hacía feliz.

Mientras esperaba, para matar el tiempo, tomaba su libro y leía:

Luego llegaron a la orilla de un río de sangre y lo atravesaron sin beber sus aguas...

32.

Un día, un enfermero y una enfermera entraron en su cuarto muy temprano, cuando todavía no había luz en el cielo y los pájaros apenas comenzaban a hacer ruido en los árboles. Le dieron a tomar las pastillas de siempre, que él guardó debajo de la lengua. Pero esta vez no lo dejaron solo, y las pastillas se fueron deshaciendo y su boca se llenó de un sabor amargo antes de que pudiera escupir. Ya se adormecía cuando la enfermera, jeringa en mano, se le acercó. El enfermero le dio vuelta en la cama para ponerlo boca abajo y lo sujetó con fuerza mientras ella le daba golpecitos con un dedo a la jeringa antes de clavar la aguja.

*

Despertó en un lugar desconocido, donde el aire encerrado olía a humedad. Levantó los párpados. Estaba envuelto en una frazada, como las del sanatorio, pero el olor de esta era distinto. Palpó a su alrededor. ¿Un catre? Igual que el Futuro, pensó, estaba en una cárcel. Tocó con una mano el suelo, hecho de hormigón, bastante frío. Se incorporó poco a poco en el catre. Extendiendo las manos para defenderse el rostro, se puso de pie. Dio un paso muy corto, dos, tres. Su mano derecha tocó una superficie que le hizo pensar en el borde de un libro; el filo de las hojas. La pared estaba hecha de hojas apretadas unas sobre otras. Deslizó la mano hacia un lado; más y más de lo mismo. Acercó la cara a la pared de papel y reconoció su olor: ¡era dinero! Alcanzó después un rincón y giró, y siguió avanzando a tientas hasta el próximo rincón, otra pared. Una repisa de metal, objetos varios. Un cilindro frío. ¿Un cañón? Cajas de latón. Barras de metal, unas sobre otras. Cajas de madera brava. Otra repisa, recipientes de plástico, ¿llenos de líquido?, imposibles de abrir. Más allá, libretas pequeñas. Más papeles. Cajas de cartón de distintos tamaños. ¿Ropa? ¿Candelas? Una bisagra, una puerta de hierro, una manija de metal muy liso, que no lograba mover. Era como el final de uno de esos juegos de computadora que jugó con el Espárrago. Policías y ladrones. Se trataba, siempre, de encontrar el dinero; con eso podías comprar de todo, hacerte poderoso: armas, helicópteros, aviones; cómplices, niños o niñas para hacer lo que quisieras.

Tanteando con las manos, volvió a localizar el catre. Se sentó, se tumbó de espaldas. Sintió que caía, caía, caía. ¿Estaba ya en el mundo de los muertos?

Cansado de llorar en la oscuridad, recordó un pasaje del libro que conocía de memoria, casi palabra por palabra:

... El primer castigo era el de la Casa Oscura, Quequma-ha, en cuyo interior solo había tinieblas. El segundo era la Casa donde tiritaban, Xuxulim-ha. Hacía un frío insoportable en su interior. (Jacobo se rebozó con la frazada.) *El tercero era la Casa de los jaguares, Balami-ha, donde no había más que grandes gatos, que se revolvían, se amontonaban, gruñían y se mofaban. Y los jaguares no podían salir de la casa,* igual que él.

Conforme pasaban las horas, el aire se enrarecía en el cuarto y la respiración se le hacía más difícil. Fueron unos golpes que llegaron desde el fondo del pequeño cuarto, por el lado de la puerta de hierro, los que lo sacaron del estado de sopor y ofuscación en el que estaba cayendo.

Pan, pan, pan, pampán.

II. El mundo de los muertos

33.

Despertó hacia mediodía. Sobre la mesa en el centro del cuarto, junto a un plato de avena con pasas y canela y un tazón de chocolate, doblados en tres, dos periódicos del día. *Mueren 13 en Barcelona: Atentado terrorista en las Ramblas. Terroristas son abatidos por mujer policía.*

Nada sobre Polo, pero sobre su propia muerte en un accidente de tránsito, en *Prensa Libre* y *Nuestro Diario* encontró la noticia tan deseada. *Muere al precipitarse su automóvil en barranco en Alta Verapaz...* ¡Estaba a salvo, en el mundo de los muertos!

Después de fantasear un momento con la idea de estar muerto (Qué fácil morir, pensaba) abrió un portal en Facebook con nombre y apellido ficticios y una dirección de correo electrónico en Google. El Cobra imaginario se llamaba Jacinto Ramírez y había nacido en 1982. Estudió en el Instituto Normal para Varones, era seguidor de los Rojos de Comunicaciones, el equipo de fútbol, le gustaban las norteñas y el *grunge* local. Sus hobbies eran la colección de películas de *Mad Max* y el intercambio de escorpiones vivos. Envió varias peticiones de amistad.

Desde su nueva cuenta escribió un correo a su esposa, que vivía en Boca del Monte con su hijo de tres años.

Mi amor,

espero que tú y nuestro bebé estén muy bien. Dale un abrazo y muchos besos con todo el amor de su papá. Pronto volveré a escribirte. No te preocupés por mí. No es cierto lo que dice la prensa. ¡Cuídense mucho!

Amor por siempre...

Pasó varias horas revisando el *backup* de la Hewlett Packard de Polo.

*

Cuando le entregaron la caja de puros con los alacranes, había ido a su cuarto del Pasadena para llevar a cabo una curiosa operación, por medio de la cual quería tranquilizar un poco su conciencia. Polo lo había tratado como a un amigo y el Cobra no terminaba de entender por qué querrían matarlo. Pero con las amenazas veladas del viejo acerca de su propia vida y, sobre todo, acerca de la vida de su mujer y de su hijo no había visto otra salida. Se encerró en el cuarto con aquel tufo perenne a sudor humano y a humedad. Sacó una caja de zapatos donde guardaba varios objetos —llaves, USB, un cortaplumas, un escapulario que le regaló su madre, la puta—, la vació, y luego puso allí los alacranes. Recogió del suelo junto a la cama una caja de Pollo Brujo con una pata frita comida a medias. Tomó la pata por un extremo, y, con cautela, le acercó la parte más carnosa a uno de los alacranes. Aun antes de que entrara en contacto con el dorso acorazado, el animalito movió la cola y clavó su aguijón en la carne. Una gotita transparente apareció sobre la carne del pollo. Repitió la operación con los otros alacranes. Pero Polo no había vuelto a la Casa Rosa aquella noche, y los pequeños guerreros secretaron de nuevo su ponzoña.

El martes por la tarde llamó otra vez a Pamela desde el frijolito del muerto. Polo estaba grave, le dijo ella. Pancreatitis aguda. Lo habían ingresado al intensivo del San Juan de Dios la noche del domingo, aún no estaba fuera de peligro. Ella iba camino del hospital en ese momento, y no sabía nada más. El Cobra preguntó si podían encontrarse por la noche.

Déjame ver —le dijo ella.

Por favor, no le contés a nadie que te he hablado, ¿me entendés? A Polo lo querían matar. Pero ni a él se lo digás, mejor. Jurame que no se lo vas a decir a nadie. Gracias, mi amor. Mirá la prensa.

Ya la vi —dijo ella—. ¿Viste lo que está pasando en mi país?

Sí. Muy mal.

Los catalanes se están portando como franquistas, es lo que digo. ¡Pero no había catalanes entre las víctimas! Una idiotez.

Mirá la página seis en *Prensa Libre*. O *Nuestro Diario,* en la tres. Se supone que estoy muerto. Es mejor que eso siga así. No te puedo decir nada más.

Ahora sí que me cagué del susto, corazón. Hasta la noche, pues. Te llamo pronto.

34.

Le dio cita en el Comedor del Ángel, en el extremo occidental del mercado. Estaba muerta del hambre, le dijo Pamela cuando se encontraron. Comieron un churrasco para dos.

Polo estaba mejor; pero no fuera de peligro, todavía. Un poco desorientado. Le había contado cómo el Cobra llegó a la Casa por su chumpa la noche del domingo, y lo llevó al hospital.

Ese no fui yo —le dijo el Cobra.

¿Cómo?

Esperate —dijo él, y en voz muy baja—: Mejor no hablar aquí.

Esta vez, no la dejó pagar la cuenta, como ella acostumbraba.

Vamos.

Por el laberíntico mercado, donde las ventas de ropa y electrónicos, de juguetes y CD se repetían unas tras otras por pasajes que ahondaban hacia otros pasajes, la guio hasta llegar al sector de los bares y los hoteles de paso.

¿Tu nueva novia? —le preguntó una de las mujeres que solía estar sentada, las piernas abiertas, en los escalones a la entrada de El Olvido #2, donde se refugiaba el Cobra.

¿Celosa? —le dijo el Cobra, y empujó suavemente a Pamela hacia el interior.

La mujer se rio y le dijo que sí, que estaba celosa, pero que comiera mucha eme, que ya lo iba a olvidar.

Pamela estaba asustada, lo dijo una vez más. Necesitaba alguna explicación.

El Cobra cerró la puerta con doble pasador. La invitó a sentarse a la mesa, pero ella lo hizo en la cama. Como para no perder la costumbre, antes de seguir hablando se besaron, y pronto estaban enzarzados en un abrazo íntimo, que fue muy corto pero también muy placentero.

Gracias, mi amor —dijo él—. Lo necesitaba. De verdad.

Yo también —se rio Pamela—. Gracias a ti.

Se vistieron en silencio.

Voy a contarte la verdad —comenzó el Cobra—. O al menos, como diría Polo, mi verdad.

Y Pamela lo escuchó, a momentos con los ojos muy abiertos, o negando con la cabeza, con incredulidad.

Pero qué hijo de puta, Cobra —le dijo hacia el final—. ¡Nos engañaste a todos!

El Cobra lo reconoció, pidió perdón.

¿Vas a poder perdonarme?

No sé —dijo la española.

Tratá, por favor —le pidió el Cobra.

Ella asintió con la cabeza, se mordió el labio inferior.

Gracias —dijo el Cobra.

Sacó de debajo de la cama la funda de la almohada de la Casa, donde había guardado el backup de la vieja computadora que le había robado a Polo, y la computadora nueva, que había tomado el domingo, después de llevarlo al hospital. Dobló la funda y puso la computadora y el backup sobre la mesa.

Aquí está todo —le dijo—. Miren en la carpeta catorce. Entre el minuto treinta y seis y la hora dos. Hay una entrevista con las viudas de unos albañiles de aquel

194

su amigo que mataron. Aldo. Sí. Hizo una caleta en la casa de mi jefe. Por eso fue, digo yo.

A ver si aquel se despierta —dijo ella.

La besó y volvieron a acostarse en la cama.

¿Y qué vas a hacer, mi amor, ahora? —quiso saber la española un momento después.

¿Yo? Yo ya no existo. Me tengo que borrar.

Tenés razón, corazón. —Le acarició un cachete.

No volverían a verse, decidieron, mientras devolvían a la funda la computadora y el backup.

El Cobra tomó de la mesa de noche el frijolito del muerto, pidió un taxi.

En cinco minutos llega —dijo—. Tenés que ir a la Bolívar. Es más seguro así. Al salir cruzás a la izquierda y te vas recto recto.

Pamela movió la cabeza; no podía creerlo, repitió.

Hasta el otro mundo —le dijo el Cobra al despedirse.

35.

Después de *googlear* durante más de una hora, encontró a Jacobo en unas fotos de publicidad de Los Cipreses. En todas estaba sonriente, aunque la suya era una sonrisa triste.

En un listado de teléfonos (gracias, Linkedin) encontró un número asignado a don Atanasio Akiral, de Toó.

¿Doña Desideria? Usted tal vez no me recuerda. Soy amigo de doña Tilde.

¿Doña Matilde?

Sí. Los visité en Toó hace... ¿seis años?

Ajá.

Trabajé junto con ella en la casa de un señorón.

Ya. Ya.

Necesitaba hablarle.

La casualidad —dijo doña Desideria—. Enfrente la tengo, mire.

La voz de doña Tilde lo alegró:

¿Y usted por dónde anda, Cobrita?

Aquí en la capital.

Mire pues. ¿Todo bien? Lo de la prensa, entonces, no era cierto.

El Cobra se preguntaba cuánto sabría aquella mujer discreta y observadora. Sonaba extrañamente cercana. Pero había un ruido de gallinas y perros en el fondo.

Me costó encontrar su número, pero mire, necesitaba hablarle.

Ella escuchaba.

36.

Se despidió de doña Matilde y, sin moverse de la cama, sin pausa alguna, abrió una nueva cuenta de Skype, desde la cual llamó a su mujer.

Mi amor, disculpá. Ya lo sé. Pero todo está bien. Escuchame, por favor. ¿Dónde estás? Muy bien. Mirá. Vamos a vernos pronto.

Ella hacía preguntas, lloraba.

Hiciste bien en decir que era yo, claro. Yo estoy bien. Trataron de darme aguas. Sí. El viejo. Bueno, no importa. Pero vamos a irnos. Tenemos que irnos a la punta de un solo, mi amor. No. Oí bien. Vas a estar lista con aquel (el niño, que dormía) para irnos. Dentro de pocos días. Voy a mandarte un recado para que te alistés. Todavía no lo sé. No, no lo despertés. Pronto vamos a estar juntos. Te quiero mucho yo también. Adiós.

37.

Tomó un taxi para recoger a doña Tilde cerca del Trébol, como habían acordado, pasando la parada de autobuses del bulevar Liberación. Camino de Los Cipreses, en medio de un tráfico denso y muy lento, conversaron como si no tuvieran motivos de preocupación.

Ella le hizo varias preguntas. Era como si comprendiera lo que ocurría en el interior del Cobra, que no sabía cómo comenzar.

¿Y entonces, Cobrita, qué pasó?

Ay, doña Matilde —dijo él—. No sabe. El viejo me jodió.

Los patrones, al menos los ladinos —dijo ella—, siempre terminan por joderlo a uno. A veces queriendo. A veces sin querer. ¿Pero cómo lo jodió?

El Cobra, hablando en voz baja, la puso al tanto.

Él cree que estoy muerto —concluyó.

Desde que se volvió importante, gracias a sus amigos, digo yo, se fue volviendo malo. Un brujo, eso es. Capaz de matar. ¿O tal vez siempre fue malo y antes se hacía no más? Ella era la del pisto, pero se lo sacaron casi todo, sin que se diera cuenta la mujer. Para las campañas, le decían. Por el bien del país. Y ya vio, casi todos han ido a parar, por ladrones, a la cárcel. La señora, cuando vio cómo iban las cosas, puso la casa a nombre del niño, porque la casa era de ella, para que no se la pudieran quitar. Cuando cumpla los dieciocho, el niño se convierte en dueño. Encerrado como lo tienen, no creen que se haya enterado, pero están equivocados. Resultó muy ocurrente.

El Cobra, que no podía creer lo que la nana le decía, dijo:

Lo que me cuenta, doña Tilde, no es fácil de creer. Pero le creo, claro que le creo. ¿Quién es su sirvienta ahora?

Una macegualita de mi pueblo, medio pariente mía. Yo se la recomendé.

Qué bien, pensó el Cobra. Una espía.

*

Aquí es —le dijo el Cobra al taxista—. Por favor, espérenos.

Habían estacionado del otro lado de la avenida y él y doña Tilde se bajaron para cruzar el arriate y se acercaron a la puerta del sanatorio, a la vista de una cámara de vigilancia.

Doña Tilde se identificó y los dejaron pasar.

La recepcionista era una chica pequeñita y redonda, uniformada de blanco, de pelo y ojos negros, muy sonriente. Se entretenía con un videojuego *(Fashion Party):* vestía y desvestía muñequitas.

Ella conocía a doña Tilde, por sus visitas semanales, y no pareció extrañarse de verla acompañada por el Cobra. Él había visitado a Jacobo en Los Cipreses en dos ocasiones anteriores, años atrás, constaba en el registro de visitas, dijo.

No estaba segura de que pudieran ver a Jacobo en ese instante, explicó. Había sufrido una crisis esa mañana. Le estaban dando tratamiento. En cuanto uno de los enfermeros encargados de su área estuviera libre iba a preguntárselo.

Los invitó a sentarse en la sala de espera, donde el Cobra se puso a hojear revistas y doña Tilde, los brazos cruzados, la vista clavada en un punto de la pared blanca que tenía enfrente, se estuvo sin hacer nada.

Sobre la mesa baja a un lado de su sillón, en una bolsa de plástico, había un ejemplar de *El Periódico* doblado en tres, que nadie se había molestado en consultar. *Presidente declara* persona non grata *al comisionado de las Naciones Unidas contra la impunidad y exige su inmediata salida del país,* decía un titular en la primera página. Y en la tercera: *Comisionado de las Naciones Unidas y fiscal general del Ministerio Público presentan solicitud de antejuicio contra el presidente de la República por indicios de corrupción, abuso de poder y financiamiento electoral ilícito.*

*

Al cabo de media hora, el Cobra se puso de pie, impacientado, y dio unos pasos por la habitación. Algo estaba mal, pensaba. Había oído ruidos de voces que llegaban del fondo del corredor. Alguien protestaba y el volumen de las voces iba en aumento.

De pronto, la puerta del despacho del doctor Loyola se abrió. Y ahí estaba él, impávido, la cara muy seria, el poco pelo untado con gel de un lado al otro del cráneo, esférico y voluminoso, en un traje azul de dos piezas, sin corbata, debajo de su bata desabrochada.

¿Puedo servirles en algo? —preguntó, mirando primero al Cobra y luego a doña Tilde.

Ella se puso de pie, dijo buenos días, y no hizo caso de la mano regordeta que el doctor parecía extenderle. El Cobra adelantó un paso y apretó la mano del doctor. Era una mano aguada y fría.

Venimos a ver a Jacobito —dijo doña Tilde.

Claro —dijo el doctor—. Pero pasen. Por aquí.

Abrió la puerta a sus espaldas y los invitó a sentarse frente al escritorio de su despacho, que era muy amplio. Amable, tranquilo y pródigo con su valioso tiempo, aun en domingo, el doctor. En una pared lateral había un retrato al óleo, en estilo hiperrealista y de tamaño más grande que el natural, de Sigmund Freud.

El padre de todos los que humildemente ejercemos esta profesión —pontificó el doctor para beneficio de doña Matilde, que observaba el cuadro con admiración.

Sobre el escritorio de vidrio y acero, a la derecha, una pirámide trunca y transparente servía de soporte a una réplica en polímero color rosa pálido de un cerebro humano con sus pliegues y cavidades. (Una impresión 3D, dijo el doctor.) A la izquierda, una estatuilla de Hipócrates —el padre de la medicina— y una vara de Esculapio en miniatura. En la pared detrás del escritorio, colgados en columna, había una serie de diplomas, testigos de la sólida formación médica del doctor. Pero los ojos del Cobra estaban clavados en un objeto hacia el centro del escritorio, frente al doctor: en un pequeño marco de madera con una placa de metal al pie, donde estaban grabadas las palabras *Tityus discrepans,* eternizado en una gruesa hoja de vidrio, la cola en posición de ataque, un hermoso ejemplar de escorpión.

Jacobito había sufrido un ataque, tal vez una especie de epilepsia, algo bastante usual en casos de atraso mental de origen apneico, como el de Jacobo, explicaba el psiquiatra, producto de un proceso degenerativo del sistema nervioso central. Esa mañana había sido sometido a un tratamiento intensivo para reducir las convulsiones, que habían sido muy violentas. Existía un alto riesgo de daño severo en la espina dorsal. Algo terrible, si llegaba a darse. Y era por eso que el doctor Loyola estaba ahí, en día domingo, cosa del todo inusual. Don Emilio estaba al tanto. Pero se encontraba de viaje, por Miami, según entendía el doctor, y no podía volver hasta dentro de dos o tres días. Por otra parte, era posible que Jacobo tuviera que viajar al extranjero muy pronto para recibir un tratamiento que no podían ofrecerle en el país, donde la neurociencia, lamentablemente, estaba, como podían imaginar, en pañales. La falta de recursos. Era trágico. En este país íbamos muy a la zaga en eso como en tantas otras cosas, les dijo.

38.

El taxista los había esperado, pero no estaba contento.

Ya son más de las doce —se quejó.

No se preocupe —le dijo el Cobra—, le voy a pagar. Cuando termine la carrera. Como dijimos, cien la hora.

¿Adónde ahora?

A La Cañada, por favor.

Faltaba más —dijo el taxista.

En la garita de La Cañada tuvieron que identificarse. Uno de los guardias de turno recordaba a doña Tilde. Acercaron sus documentos al aparato lector.

¿Y el señor?

Fue chofer de don Emilio. Venimos a saludarlo. Es su cumpleaños.

El guardia asintió.

Tenía que llamar a la casa para asegurarse, dijo. Acababa de recibir una visita.

Nadie contestaba.

No ha salido todavía. Pero si no me contesta, no puedo dejarlos pasar.

¿Está llamando a la casa, o al celular?

Al celular.

A ver, llamo yo a la casa.

Para sorpresa de doña Tilde, que la expresó mirando al Cobra con las cejas muy alzadas, alguien contestó.

Ah, don Federico —dijo ella—. Yo también. ¿Cómo? No…, vengo sola —dijo con ambigüedad, y miró significativamente al Cobra, que escuchaba y asentía—.

No. Yo... En la garita. Vengo solo a dejarle unos tamales, como de costumbre. Gracias.

Un momento —dijo el guardia. Llamó a la casa desde el teléfono de la garita para verificar.

39.

El Cobra sabía quién era don Federico, un anticuario amanerado, viejo amigo de don Emilio. Su especialidad eran las imágenes religiosas de los siglos XVI y XVII, y se jactaba de haber desnudado más ángeles y querubines de ese periodo que cualquier otro anticuario mesoamericano. Y también de, que no del, dieciséis y diecisiete, bromeaba.

Pero sabe —le había dicho doña Tilde al Cobra, tiempo atrás—, él fue el que sacó a Jacobito de la piscina, medio muerto, y le dio respiración artificial.

Vino a visitar a don Emilio —explicó ahora, mientras se alejaban de la garita de seguridad—, pero don Emilio salió a dar una vuelta. Según don Federico, no tardará en regresar.

El taxista iba leyendo los números labrados en planchas de mármol verde en las amplias veredas de grama frente a las casas.

Dos veinticinco, dos cuarentaitrés, dos setentaisiete...

Pare aquí —dijo doña Tilde, y el taxista detuvo el taxi detrás de un Alfa Romeo deportivo amarillo chillón.

Ya vuelvo —dijo doña Tilde.

El Cobra se hundió para quedar semioculto en el asiento trasero del taxi, con aspecto despreocupado, pero muy alerta. Vio cómo doña Tilde tocaba el timbre y poco después la puerta principal se abrió y apareció el amigo de don Emilio, un hombrecito de pelo negro y liso y modos ahuecados. La dejó pasar, miró calle arriba y calle abajo, detuvo la mirada un momento en el taxi, volvió a entrar en la casa y cerró la puerta.

40.

No habían pasado diez minutos cuando la puerta volvió a abrirse, y de la casa salió una mujer pelirroja con tacones de aguja y vestido rojo muy ceñido. Miró de un lado para otro y se fijó en el taxi. Volvió a entrar en la casa para salir poco después, cargando una mochilita del mismo color que el vestido y seguida por doña Matilde, que arrastraba una gran maleta rodante color oro. Se dirigieron al Alfa Romeo; las luces parpadearon con el *bip bip* del desactivador de alarma. La dama miró a su alrededor una vez más antes de abrir el baúl y ayudar a doña Matilde a cargar la maleta. El Cobra comprendió que era don Federico, disfrazado. Tomó el maletín y lo puso, junto con la mochilita, en el asiento del copiloto. Se despidió de doña Matilde con un ademán dramático y un abrazo un poco forzado. Entró en el auto y arrancó.

Que le vaya bien —dijo doña Tilde, y saludó con una mano.

Con un leve rechinido de neumáticos, el Alfa Romeo viró en U en la esquina calle abajo, y pasó velozmente junto al taxi en dirección a la garita de La Cañada, en plena fuga, pensó el Cobra.

Muchas gracias, don —le dijo al taxista—. Puede irse.

Ya sabe —dijo el otro, mientras contaba los billetes que el Cobra acababa de entregarle—. Tiene mi número. Estoy a sus órdenes.

Se bajó del taxi y fue a pasos rápidos hasta la casa, tocó el timbre. Doña Matilde le abrió.

Qué está pasando —quería saber el Cobra.

Don Emilio salió a dar una vuelta. En helicóptero, venga a ver. Ah, no tenga pena, don Federico desconectó las cámaras, el bendito.

Bueno —dijo el Cobra, después de mirar los ángulos del techo en la entrada, donde había dos cámaras: las lucecitas rojas no estaban encendidas.

Atravesaron el vestíbulo más allá del garaje, la cocina, el comedor y el salón, cuyas grandes vidrieras daban al jardín que bordeaba el barranco de La Cañada. Dibujados con cal, sobre la grama verde había dos círculos concéntricos, un helipuerto improvisado. El gato de Jacobo, que doña Tilde había sacado del canasto, los seguía. Se escurrió por entre sus piernas y salió corriendo al jardín.

Aquí lo recogieron. Hace unas dos horas, según don Lico. Podría estar ya en cualquier rincón del país. O fuera. Cierto.

El gato estaba husmeando la grama alrededor del círculo exterior.

Alguien lo chilló. Giraron una orden de captura contra él. Y contra don Lico. Le dio cita aquí, a don Lico. No entiendo cómo, pero... No quiso llevárselo. El viejo lo quería joder también a él, digo yo. Hay otra orden para allanar la casa, me dijo don Lico. Tiene un oreja en el eme pe que le avisó. No tardarán. Ni él ni don Milo deben nada, pero ni modo. Eso me dijo. Los han estado usando. ¡Fíjese!

Él pensaba que don Emilio se escondería en El Salvador, donde tenía amigos con recursos —dijo.

La mujer soltó una risita que al Cobra lo sorprendió; era una bruja, se dijo a sí mismo, pero con admiración.

¿Y ahora qué? —preguntó.

Yo digo que aquí nos quedamos. Nosotros sí que no debemos nada, ¿usted qué piensa?

Ahí están —dijo el Cobra a modo de respuesta; y en efecto, del lado de la calle llegó el ruido de varios autos que frenaban con violencia y voces que lanzaban órdenes.

Sonó una vez el timbre, y luego unos aldabonazos.

¡Autoridad! —llamó una voz.

41.

Una docena de agentes estaban a la puerta, dos mujeres entre ellos, y en la acera había tres picops patrulla estacionados en fila, los conductores al volante. De la parte trasera de uno de los picops bajó un agente más; traía dos perros negros que tiraban de sus cadenas y, con la lengua fuera, soltaban abundantes babas, sin dar un ladrido. Un señor de mediana edad y apariencia apacible, en traje oscuro de dos piezas, bajó de otro picop. El fiscal, pensó el Cobra, que, hijo (aunque ilegítimo) de un juez de instrucción, algo sabía sobre esta clase de diligencias.

El jefe del operativo mostró la orden de allanamiento al Cobra.

Por favor, identifíquese —le dijo.

Esperando que el otro no lo reconociera por la falsa noticia de su muerte aparecida en la prensa unos días atrás, sacó su billetera y mostró al policía su licencia de conducir.

Soy el chofer personal de don Emilio —mintió.

El jefe no se había molestado en preguntar por doña Matilde; parecía claro que era la sirvienta. Sin embargo, ella entró en la cocina, abrió un cajón junto a la estufa (un simple acto) y volvió al vestíbulo, seguida por el gato, blandiendo su DPI.

Está bien —le dijo el jefe con tono superior—. ¿Dónde se encuentra don Emilio?

Doña Tilde:

Salió a dar una vuelta.

Los perros comenzaron a ladrar al ver al gato, que, el lomo erizado, mostró las fauces con un resoplido y salió disparado hacia el jardín. Los perros tiraron de sus cadenas en esa dirección, pero fueron reprendidos. El gato se había perdido de vista. Por fin, los perros se calmaron.

¿Cuándo? En la garita nos dijeron que se encontraba.

Hace poquito. Mire. —Llevó al jefe al ventanal, y el Cobra no los siguió—. Vinieron para darle una vuelta en helicóptero. Hoy es su santo.

El jefe arrugó el entrecejo, contrariado. Dijo:

Ajá. Un momento. —Tomó un radioteléfono de su cinturón; se apartó del ventanal y se detuvo en un rincón de la sala para hablar con un fiscal. Luego le dijo a doña Matilde—: Venga.

Volvieron al vestíbulo, donde el Cobra esperaba sin moverse. Ordenó a una de las agentes que registrara y palpara a doña Matilde y a un varón que hiciera lo mismo con el Cobra.

42.

Una formalidad, nada más —les dijo a doña Matilde y al Cobra la mujer policía, que estaba muy maquillada y mascaba chicle con bastante ruido. Después les pidió que se sentaran a la mesita del comedor de servicio, desde donde podía verse, por una ventana bajo un arco, parte del jardín y, más allá, la pared opuesta del barranco. Los sujetó a las patas de la mesa con unas esposas de plástico. Pidió ver la lista de contactos en el frijolito rojo que el Cobra se había sacado del bolsillo antes de que lo registraran, y luego inspeccionó el teléfono de doña Matilde.

Perfecto —dijo, y dejó los aparatos en la mesa.

Uno de los agentes sacó una tableta electrónica y una carpeta y, sentándose a la mesa entre el Cobra y doña Matilde, comenzó a levantar un acta de registro.

Siendo las trece horas con siete minutos del día 27 de agosto del año 2017, en la Diecisiete Avenida Ocho Ochenta de la zona 14, Colonia La Cañada, el suscrito fiscal especial de la comisión contra la impunidad, acompañado de los agentes de la Policía Nacional Civil que aquí subscriben procedió de la siguiente manera. Primero: se verificó la dirección del inmueble y se llamó a la puerta, siendo atendidos por el señor Rafael Soto, quien dijo ser chofer personal de don Emilio Carrión, residente en el inmueble arriba indicado. Enterado de nuestra diligencia, nos participó que el señor Carrión se encontraba ausente y nos autorizó el ingreso...

Mientras tanto otro agente, el más joven del grupo, iba registrando el procedimiento en una camarita de vídeo. Unos revisaron las libreras; las colecciones de DVD y CD. Levantaron alfombras, dieron vuelta a un viejo aparato de televisión, examinaron el dorso de los cuadros que colgaban de las paredes o estaban sobre las mesas de la sala. Otros dos habían subido al segundo piso, con los perros, y los oyeron ir de arriba abajo de cuarto en cuarto por el corredor. Podían, por los sonidos, imaginar sus acciones. ¿Vaciaban los armarios de ropa; removían objetos de las repisas de los cuartos de baño? Luego entraron en el garaje y registraron el Audi de don Emilio y la Volvo, que todavía estaba a nombre de la señora. Por último revisaron la cocina y el dormitorio del servicio. (La joven sustituta de doña Matilde viajaba a su pueblo los fines de semana; las vestimentas de Toó que encontraron allí les parecerían intercambiables con las de la vieja, y nadie hizo preguntas al respecto.) Uno de los agentes había inspeccionado el vestíbulo y sus paredes con un pequeño martillo de goma y un detector de metales en busca de fondos falsos y posibles escondrijos. Los perros y el agente de la cámara se entrecruzaban, yendo y viniendo, y entorpecían mutuamente sus tareas.

Sacaron los perros al jardín. El gato, que estaba sentado en el muro de piedra donde terminaba el jardín, saltó para perderse de vista del otro lado. Los agentes fueron tras los perros hasta el muro. Las patas apoyadas en las piedras, los perros lanzaron varios ladridos, pero pronto desistieron. Seguidos por sus amos, dieron dos o tres vueltas por el jardín, husmearon los círculos de cal, mirando una y otra vez hacia el extremo del jardín por donde el gato había desaparecido.

¿Usted vive aquí? —preguntaron al Cobra.

No. En Boca del Monte —dijo él, volviendo la vista hacia el barranco, y dio la dirección de su mujer.

Le pidieron que leyera el acta de registro e incautación, que incluía un inventario de los objetos secuestrados durante la diligencia —dos computadoras laptop, tres teléfonos celulares, una tableta iPad, dos USB color negro y rojo (que una de las agentes estaba embalando en ese momento)— y que terminaba así:

Siendo las quince horas con diez minutos, los agentes de la Policía Nacional Civil informan al señor Rafael Soto Aguilar, salvadoreño naturalizado, quien se identificó con DPI número 2625 55665 0101, de que sobre el señor Emilio Carrión Villacorta, su patrón, existe en el sistema de la Policía Nacional Civil una orden de captura, por lo que se le solicita que se presente ante el juzgado de primera instancia penal de mayor riesgo...

Firmada y sellada el acta (*Ministerio Público* —decía el estampado—: *Ciencia, Verdad, Justicia*), el jefe del operativo entregó una copia al Cobra.

Para su jefe. —Miró a doña Matilde—. Díganle que llame a este número cuando regrese. Mientras antes se entregue, mejor para él.

Cuando volvieron a estar solos, el Cobra y doña Matilde se miraron, entre sorprendidos y aliviados.

Se ve que ser el chofer personal de un sospechoso de cohecho activo no constituye delito, hasta el momento —dijo el Cobra, satisfecho de sí mismo al poder dar muestra de cierto conocimiento en la materia.

43.

Mientras palpaban las paredes en el espacio que mediaba entre la cocina y el garaje y trataban de armar aquel rompecabezas tridimensional, otro tipo de puzle se iba resolviendo, mediante un esfuerzo semiconsciente, en el cerebro del excobrador. El jefe había planificado las cosas con la precisión de un relojero, y todo (o casi todo), hasta el momento, había ido produciéndose conforme a sus planes. Desde que su amigo convertido en presidente comenzó a cometer la serie de errores que condujeron a su derrocamiento, él había tomado precauciones. Debió de ser cuando mandó al Cobra a alojarse en el Pasadena cuando hizo construir la caleta, que ahora él y doña Tilde buscaban sin éxito, casi con desesperación. Pero Polo, concluyó el Cobra, había estado en su lista de eliminación aun antes de hacer las entrevistas con las mujeres de los albañiles de Sésamo que fueron asesinados después de construir la caleta en aquella casa de La Cañada.

Era difícil creer que no hubiera manera de encontrar una entrada al cuarto, bastante espacioso, como lo recordaba el Cobra, donde estaban casi seguros de que estaría encerrado, tal vez muerto, el hijo de don Emilio. Eran ya las seis de la tarde y todavía no daban con una posible entrada. Donde había estado la puerta había un muro sólido de cemento armado. Con un martillo y un cincel, el Cobra había hecho varias fisuras en las paredes y en el suelo y alrededor de lo que habría sido el techo de su antiguo cuarto, buscando una entrada. Pero el suelo y las paredes parecían sólidos como la roca.

Doña Tilde llamó a los tres números del viejo que conocía. ¿Qué iba a decirle, si contestaba? ¡No estaba segura! De cualquier manera, en ninguno contestó.

Y ese gato —dijo, hablando consigo misma—, dónde se metió.

Él estaba mirando por los ventanales, en una pausa, mientras doña Tilde le preparaba un café y la luz del sol comenzaba a cambiar, cuando la idea cruzó por su cabeza.

44.

Salió a la luz anaranjada de la tarde y atravesó el jardín cubierto de grama, los círculos concéntricos de cal trazados por su exjefe, y llegó al borde del barranco, limitado por un parapeto de piedras de lava, estilo maya, por donde el gato había desaparecido. La tierra más allá del muro era negra y descendía abruptamente. Una pequeña lagartija que recibía los últimos rayos de sol se escurrió para ocultarse entre las piedras. El Cobra miró a sus espaldas, la casa con su chimenea tubular recubierta de cobre que nunca vio encendida, y donde en lugar de fuego solía haber algún arreglo floral. Una línea imaginaria conectaba el garaje, su antiguo dormitorio, la chimenea inútil (¿o un respiradero?) y el lugar donde estaba, ahora, el Cobra. Siguiendo la misma línea, barranco abajo, había un encino enclenque, sus ramas inclinadas hacia el sur, en busca de la luz, sus raíces arraigadas fieramente al paredón natural. Ahí, pensó, antes de emprender el descenso. Unos escalones mal labrados en la tierra llegaban hasta el encino, y vio unos arañazos en la tierra que podían ser huellas humanas.

Una cortina de suculentas colgantes caía más abajo del encino enclenque, y el Cobra sintió que el corazón le daba un vuelco cuando, al inclinar la cabeza y hacer a un lado la cortina vegetal con una mano, vio una abertura un poco más grande que la boca de un horno de leña para el pan. Y allí, ronroneando, escondido en la sombra, estaba el gato.

Volvió a subir por la pendiente y cruzó corriendo el jardín.

¡Doña Tilde! —llamó—. ¡Consígame una linterna! ¡Venga!

Doña Tilde no tardó en salir de la casa armada con un linternón negro de seis pilas, y siguió al Cobra a través del jardín. Bajó por la pared casi vertical del barranco y se encorvó para cruzar la cortina de suculentas detrás del Cobra. Del otro lado del arco pudieron erguirse, y doña Tilde dijo:

¡Aquí estás!

El gato se arrimó a sus piernas, la cola en alto, ronroneando.

Ella le entregó la linterna al Cobra y avanzaron en la oscuridad con las sombras que proyectaba el haz de luz brincando a su alrededor. El túnel de tierra se convirtió pronto en una galería de cemento armado, y ahora estaban ante una puerta de metal con grandes cerrojos de seguridad. El Cobra golpeó el metal con el culo de la linterna.

Gritaron varias veces el nombre de Jacobo. El Cobra volvió a golpear la puerta. Estaban ya por desistir cuando oyeron que, desde dentro, llegaba una respuesta: una sucesión de cinco golpes que imitaban el diseño sonoro que el Cobra había imprimido en el metal.

Pan, pan, pan, pampán.

Pan, pan, pan, pampán.

Tercer libro
RETORNO A TOÓ

Las dádivas abrirán el cielo. Y se abrirá con sobornos la sucesión en los oficios públicos. En todas partes habrá ahorcados. El que levante la cabeza, agujereada la bajará. Será cogido el padre de todos. Y habrá un día en que se oirá la danza de las hachas.

Tres grandes montones de hormigas inundarán la tierra. Y cubrirán las cercas del que pone nuestros corazones dentro del tributo. ¡Caciques zorros, caciques gatos monteses, caciques chinches chupadoras, maleficio de los pueblos!

Este será el katún de las traiciones. Ella y él se resbalarán siguiendo al tigre y al tigrillo. Pero si se ahorcara al gobernador de esta tierra, sería el fin de la miseria de los hombres mayas. Y se aligeraría la venida de los Paymiles, para que todo tomara su recto camino.

CHILAM BALAM DE CHUMAYEL

I. *Kastajinem*

45.

El viejo autobús escolar los llevó hasta Ixtahuacán, más allá de Cuatro Caminos, a través de una serie de mesetas muy altas con vistas en todas direcciones. Paisajes cubistas en distintos tonos de pardo y amarillo de hierba seca y trigo maduro, con mulas o burros trillando la mies en eras circulares —a la usanza antigua— y levantando un polvo dorado a la orilla de senderos de tierra roja. En una vuelta del camino apareció un paisaje de colinas con parches verdes de bosques de encinos y pinos, y, en el fondo, hacia el norte y el oeste, las cumbres azules de los Cuchumatanes y los conos etéreos del Tacaná y el Tajumulco en el horizonte más lejano.

Los últimos en subir al autobús, pocos kilómetros antes de llegar a El Recuerdo, donde culminaría el tour, fueron don Pascual Santiago, autoridad mam, y don José, alias Pepe, Papayannis, ingeniero químico de origen griego, graduado de la Universidad de Oxford, Inglaterra.

Don Pascual era tildado de terrorista en la prensa local y algunas redes sociales por oponerse a las actividades de una poderosa compañía minera que había devastado El Recuerdo, su cantón natal. Pasó más de un año en una cárcel de la capital de la pequeña república fallida, pero por último (poco antes de la amnistía jurídica proclamada para los presos políticos y los políticos presos, «menos los imputados por delitos de sangre») fue puesto en libertad; no existía ninguna prueba en su contra.

El ingeniero, que iba a servirles de guía, explicó don Pascual después de tomar el micrófono para presentarse, había sido contratado años atrás por La Pirámide, la compañía minera, para trabajar como químico de planta del Proyecto Recuerdo Ixtahuacán, en las montañas al noroeste de Toó. Papayannis había decidido permanecer en Ixtahuacán un tiempo indefinido para ayudar a los campesinos a defenderse del ataque minero (pero también corrían rumores de que se había enamorado de una muchacha mam). Aunque su contrato original con la minera se lo prohibía de manera expresa, él estaba dispuesto a proporcionar datos concretos y cifras precisas acerca de la extracción aurífera, pero explicó que no quería ser visto por los guardias ni por el personal de La Pirámide, y no se bajó del autobús en ninguna de las paradas del tour.

Gozando de un buen salario y todo, dijo, renunció a su trabajo porque estaba descontento por la falta de atención por parte de la compañía ante los problemas de las comunidades que habían sido seriamente afectadas por la actividad minera.

La Pirámide había obtenido varias licencias de explotación durante los últimos días de un gobierno efímero que en aquel momento se encontraba en plena fuga. (Más de una docena de sus funcionarios de primera fila tenían órdenes de captura o estaban bajo arresto domiciliario o en la cárcel por casos de corrupción.) Las licencias fueron otorgadas pese a la oposición de los representantes de los pueblos indígenas. Pero la ley había sido flexible, para algunos, en aquella pequeña y complicada república que desde hacía algunos meses se encontraba en claro proceso de desintegración.

El objeto del tour era mostrar a un grupo de habitantes de Toó y otras comunidades colindantes las posibles consecuencias de aquel tipo de minería moderna, consecuencias que los habitantes de Ixtahuacán, invitados por los activistas a participar en este experimento terapéutico y pedagógico, parecían ansiosos por comunicar a sus vecinos. Era como si el tener testigos de sus males pudiera aliviarlos de algún modo: contaban con tesón la historia de la destrucción de sus arroyos, la aparición en sus pueblos y caseríos de enfermedades extrañas.

El problema principal había sido el agua; no solo la reciente escasez, producto de las desmesuradas necesidades de la minera, sino el hecho de que la poca que corría en los arroyos que no habían sido agotados daba ya señales de contaminación.

Lo que todavía quedaba de la montaña, decía el guía ingeniero, señalando desde su asiento una suerte de atolón de tierra roja con vetas claras de material azufrado, será demolido por medio de explosivos. Antes de iniciarse el proceso, el monte a medio devastar, de nombre San Miguel, se elevaba dos mil novecientos metros sobre el nivel del mar. No alcanzaba ahora los dos mil, y dentro de pocos años sería terreno raso, o tal vez un gran cráter, si seguían encontrando oro más abajo. Desde el camino podían verse, en la cima aplanada del atolón, recortadas contra el cielo, cuatro o cinco grandes máquinas perforadoras.

Hacen agujeros de unos cien metros de profundidad, y allí ponen las cargas de explosivos —explicó.

Pocos kilómetros al este del monte que desaparecía, estaba la planta de procesamiento. Aquí, sobre un terreno nivelado por bulldozers, a medida que el monte original iba disgregándose, se levantaba una especie de pirámide escalonada que recordaba las de Teotihuacán.

Debe ser bañada día y noche con solución de cianuro, lo que contaminará el aire, el agua y la tierra del valle durante muchos, muchos años —prosiguió el ingeniero.

Los turistas rurales, que hablaban en voz muy baja, intercambian expresiones de asombro y de incredulidad.

Mientras el bus avanzaba despacio por el camino de polvo, haciéndose a un lado de vez en cuando para adelantar una carreta de bueyes o para dejar pasar camiones cisterna que transportaban soda cáustica y solución de cianuro, el ingeniero explicaba que la concentración de oro en el monte San Miguel era de alrededor de un gramo y medio por tonelada de tierra.

En el año 2016, la compañía extrajo unos cuatro mil quinientos gramos de oro y consumió agua a razón de cien mil litros por hora durante los trescientos sesenta y cinco días del año. Por cada litro de agua se usaron treinta gramos de cianuro. Es decir, unas diez toneladas de cianuro al día, para el tratamiento y la producción del oro.

Sí, dije cien mil —aclaró el ingeniero—. Cien mil litros de agua por hora.

Una familia mam o chuj utiliza un promedio de cinco mil litros de agua al mes —apostilló don Pascual en voz alta, sin tomar el micrófono.

Los murmullos de los turistas, movidos por la indignación, se iban haciendo cada vez más sonoros.

Lo increíble, dijo el ingeniero, lo que le había sublevado, fue enterarse de que la minera no hacía lo necesario para impedir que el agua venenosa que inevitablemente se fugaba de las pilas de lixiviación penetrara en el suelo, de modo que esta volvería tarde o temprano al sistema fluvial, lo que acarrearía consecuencias en extremo dañinas para las comunidades de la región.

Aun cuando se tomen todas las precauciones posibles para evitar los derrames de cianuro, los accidentes parecen ser la regla —aseguró el ingeniero convertido en guía—. Con el terremoto en Oaxaca el otro día lo entendieron, ¡pero demasiado tarde! Del río Cuilco no han sacado un pez en los últimos meses, y su agua ya no se puede beber.

Lo que desde la distancia parecía una pirámide azteca era una vasta acumulación de piedra pulverizada, o «harina», con base en forma de herradura, y ahora los turistas vieron que estaba bordeada por estanques de agua oscura. A espacios regulares, había tuberías blancas por las que una mezcla de agua, soda cáustica y cianuro era bombeada hasta la cima, para luego verterse sobre los escombros auríferos. El agua descendía por un sistema de conductos de drenaje con su carga de granos de oro hasta las pilas de lixiviación al pie de la pirámide, de donde serían extraídos poco después. Pero esos pequeños lagos venenosos permanecerían ahí, aguardando la evaporación, muy lenta, por los rayos del sol.

Frente a las puertas fortificadas del complejo minero, bajo las miradas torvas de varios guardias de seguridad privada armados con metralletas, el autobús se detuvo para que los turistas pudieran ver la bandera canadiense que ondeaba sobre un enorme cartel, en el que se leían los montos de inversión y ganancias del Proyecto Recuerdo Ixtahuacán entre los años 2015 y 2019. Extraían unos seis mil kilogramos, casi mil novecientas onzas troy de oro al año, explicó el guía, a un costo promedio, en el último lustro, de cuatro dólares veinte por gramo, o unos ciento treinta dólares por onza. El precio de venta en el mercado, que solía fluctuar mucho, había alcanzado en el 2015 un promedio de cuarenta y cinco mil dólares por kilo, o mil cuatrocientos dólares por onza troy.

Es decir —concluyó, mientras el autobús giraba en U para emprender el regreso— que habrán generado unas ganancias de por lo menos doscientos millones de dólares al año entre el 2015 y el día de hoy.

¡Y de aquí los sacaron! —exclamó don Pascual.

¡Por babosos los dejamos! —gritó uno de los turistas—. ¡No hay que volver a caer!

Los démás asintieron.

A nuestra alcaldía ladina le entregaron el cero punto cinco por ciento de ese dinero, y de eso el alcalde se robó la mitad —dijo a voz en cuello don Pascual—. Ahora vive en Chicago, Estados Unidos. Dejó aquí a su familia. De vez en cuando manda una remesa, eso sí. —Una sonrisa retorcida—. En El Porvenir, la compañía tiene previsto triturar catorce mil toneladas de roca diarias. Durante diez años. ¡Echen cuentas!

El uso del oro sigue siendo sobre todo suntuario y monetario —prosiguió el ingeniero mientras el autobús deshacía el camino cuesta arriba—. Pero en las últimas décadas se ha registrado un alza en la demanda para su empleo tecnológico y medicinal, así que la esperanza de que su precio colapse, lo que tal vez podría hacer disminuir la intensa fiebre que consume a tantos países «pobres» —y el guía indicó las comillas con cuatro dedos de sus manos alzadas— de por lo menos cinco continentes, parece por el momento injustificada —remató.

El autobús llegó a la cumbre y comenzó a descender del otro lado.

Yasás —se despidió el ingeniero griego convertido, en tierra maya, en guía activista por indignación y tal vez también por amor, después de pedirle al conductor que hiciera alto entre dos curvas muy cerradas. Y allí, sin esperar a que el bus se detuviera por completo, se apeó de un salto y desapareció bajando por la empinada ladera de la montaña, donde quedaba el caserío de la muchacha mam de la que, decían, se había enamorado.

46.

El autobús rodaba cuesta abajo. Don Pascual, que había tomado el micrófono, anunció que almorzarían en el cantón El Porvenir, donde las mujeres estaban preparando tamales y gallo en chicha para los turistas. Antes del almuerzo, quienes quisieran podían participar en una manifestación pacífica que los vecinos de El Porvenir habían organizado contra otro proyecto minero, de capital chino pero con fachada canadiense, que estaba a punto de iniciar operaciones sin el consentimiento de la comunidad.

Levanten la mano los que quieran participar —dijo don Pascual.

Casi todos la levantaron de inmediato. Don Pascual dejó el micrófono y se sentó junto al conductor para hablar un momento por su celular.

*

Antes de llegar a El Porvenir, el autobús volvió a detenerse. Don Pascual, que había estado hablando por teléfono, se puso de pie y se dirigió a uno de los turistas, un adolescente que iba sentado en la última fila. Vestía la indumentaria local, pero sobresalía entre los turistas mayas por su aspecto de *kaxlán*. Trescientos ojos se volvieron hacia él.

¿De dónde sos vos? —le preguntó don Pascual.

De la capital —dijo el muchacho en quiché. Era delgado, de piel clara y pelo castaño. Parecía asustado.

237

No te pasés de listo —le dijo don Pascual, que había avanzado pasillo arriba hacia el muchacho—. Hablame en español.

El muchacho cerró y abrió los ojos, mientras se guardaba un smartphone blanco en un bolsillo de su chaqueta de Sololá. Dijo en español que era de la capital.

A ver —le dijo don Pascual—, dame ese chunche. No lo apagués. Dámelo como está.

El muchacho le extendió el teléfono.

Muy bien —dijo don Pascual, mientras daba toques en la pantalla—. La contraseña.

¿Qué? —dijo el muchacho.

¿Sos o te hacés? ¡La contraseña!

El muchacho hablaba con dificultad. Estaba pálido.

Misho uno dos tres.

Don Pascual digitó la contraseña.

Snapchat. Bonitas fotos —dijo—. ¿Quién es el Espárrago?

Un amigo.

Ya. ¿De dónde es? —preguntó, mientras deslizaba el índice por la pantalla.

De la capital.

¿Por qué le estás texteando a San Marcos?

Ahí vive.

¿Pero es de la capital?

Su papá tiene una finca en la costa.

¿Dónde?

Por Ocós.

¿Finca de qué?

Vacas y caña.

¿Y también una hidroeléctrica?

No sé. Le dicen...

Ya. ¿Cómo se llama?

¿La finca? No sé. Le juro que no lo sé.

¿Y el papá, no sabés cómo se llama?

No.

¿En serio? El apellido.

Cabrera.

La respuesta provocó una onda de murmullos. En Ocós y los alrededores había varios finqueros con ese apellido, y no eran conocidos por tratar bien a sus peones, casi todos mayas del altiplano que se veían obligados a emigrar año tras año durante la zafra para ajustar sus ingresos.

Tu amigo, ¿sabe dónde estás?

El muchacho se encogió de hombros.

Es posible —dijo—. Por el teléfono. Pero creo que no. Yo no se lo he dicho.

¿Seguro?

Palabra que no.

Muy bien.

Don Pascual giró para volver pasillo abajo con el teléfono. Algo parecía no gustarle. Un cuchicheo nervioso en dos o tres lenguas diferentes comenzó a expandirse por el autobús. Algunos volvían de vez en cuando la cabeza para ver al muchacho kaxlán. Sobre los murmullos excitados, una voz fuerte sugirió en español, la lengua franca:

¡Hay que bajárselo!

Una mujer joven que iba sentada delante del muchacho y vestía un vistoso huipil de Toó alzó en el aire, para que todos pudieran verla, su vara de principal. Se puso de pie y dijo:

¡No! Viene conmigo.

Don Pascual se levantó para hablarle a la mujer, que seguía con la vara en alto.

Usted es autoridad. Está bien.

La mujer bajó su vara y volvió a sentarse. Los ojos se apartaron del muchacho, los murmullos cesaron. El autobús siguió rodando hacia El Porvenir. Don Pascual volvió pasillo arriba hasta la última fila. Pidió permiso y se sentó al lado de la mujer de Toó.

Disculpe, comadre —le dijo, con voz firme pero respetuosa—, ¿quién es usted?

¿Yo? —La pregunta era ligeramente ofensiva; se limitó a contestar—: Yo soy Goya.

¿Y el kaxlán? —siguió don Pascual, mirando al joven de piel clara.

Mi ahijado —Goya se limitó a decir—. El Cobra me pidió que lo trajera.

¿Cómo te llamás?

Junajpú —dijo el muchacho. Una partícula de saliva salió de su boca y describió un pequeño arco en el haz de luz que entraba por la ventana—. Akiral.

¿Junajpú? ¡No me jodás! ¿Tenés papeles?

El muchacho miró a Goya antes de negar con la cabeza.

Bueno —dijo don Pascual, como si esta carencia, en vez de contrariarlo, lo hubiera tranquilizado. Le dijo a la mujer—: Usted es responsable. Usted es autoridad. Disculpe, pues.

Goya asintió, y, volviéndose hacia el muchacho, pronunció algunas palabras en quiché para dar por terminada la breve inquisición. Don Pascual le puso una mano en el hombro. Con un movimiento de la cabeza y un girar de ojos, la invitó a acompañarlo a la parte delantera del autobús.

¿Podemos hablar un momento?

Ella, con una sonrisa, sin levantarse:

¿De qué quiere que hablemos?

El otro dirigió una mirada inexpresiva a Junajpú.

Del que le pidió que lo trajera. El Cobrador.

*

Unos minutos más tarde, el autobús se detuvo en un rellano desde donde se dominaba el valle circular en cuyo centro estaba El Porvenir. El conductor abrió la puerta para dejar subir a un hombre barbudo de cuerpo redondo y orejas de tazón. Don Pascual lo saludó con un apretón de manos y lo presentó como Polo Yrrarraga, defensor de la naturaleza y amigo de los mames. El hombre redondo levantó una mano a modo de saludo, y sin más preámbulos comenzó a decir:

El peligro que ustedes corren ante las mineras es muy grande, porque en Toó y en Sololá o Ixcán hay más oro que en Ixtahuacán. No dejen que el monstruo asiente pie en sus tierras. Cuanto antes comiencen a combatirlo, más oportunidad de vencerlo tendrán. El gobierno, que es el aliado principal de las mineras, está deshaciéndose, literalmente, y no debemos desaprovechar el momento. ¡Ha llegado la hora de fundar una nueva nación! ¡Una nación maya!

Una salva de exclamaciones y aplausos le hicieron detener el discurso. Cuando volvió el silencio, el hombre redondo continuó.

Van a necesitar gente que sepa cómo funciona este negocio, para que entiendan cómo deben luchar. Para ayudarlos con eso estamos aquí. Ustedes no son nuevos en la lucha. Ustedes han resistido durante casi cinco siglos. Pueden seguir resistiendo. Pero resistir no es suficiente. ¡Hay que ir más allá!

Silencio.

El hombre redondo se pasó una mano por la cara antes de seguir:

Yo sé que aquí todos somos, como ustedes dicen, confianza. Pero tenemos que andar con cuatro ojos. Hay maneras de romper la resistencia desde dentro. Como hizo La Pirámide con el alcalde maya de El Recuerdo. Es algo que han ensayado en varias comunidades. Muchas veces han logrado lo que se proponían. Nosotros somos aliados de ustedes, aunque a veces tal vez les hemos hecho estorbo. Les pido perdón por eso.

Otra ronda de aplausos.

Hay que resistir sin violencia, como han venido haciendo ustedes. Pero hay un límite. Hay un momento en que es necesario rebelarse. No hay que dejar que ninguna minera, que ninguna empresa extranjera ponga pie en firme de este lado de sus mojones, de sus linderos. Hay que patrullar el doble de lo que ha sido la costumbre, compañeros. ¿Puedo llamarlos compañeros?

Los turistas no respondieron, pero el hombre redondo prosiguió.

Ustedes ya cuidan sus fuentes de agua. Hay que redoblar la guardia. Y hay que vigilar los puentes. Por allí van a llegar estos nuevos conquistadores. ¡Ahora usan hasta drones! Si es necesario, habrá que botarlos. No hay que dejarlos pasar. A ningún precio. Pero no quiero cansarlos. Ustedes van a enseñarnos a nosotros también cómo hacer la lucha. Nosotros tenemos mucho que aprender acerca del trabajo en comunidad, del servicio.

Un asentimiento general y silencioso.

El hombre redondo dio las gracias, apagó el micrófono y se sentó en el asiento detrás del conductor, al lado de don Pascual.

47.

Mientras el autobús proseguía su tortuoso descenso hacia el valle, Jacobo miraba el paisaje cambiante por la ventana abierta, que dejaba entrar el viento y los gritos, uno ahora, otro más tarde, de los cuervos. No estaba seguro de lo que había oído unos momentos atrás. ¿Había que bajarlo, o *bajárselo*? No entendía por qué Goya no volvía a su asiento. ¿Iban a bajarlo del bus antes de llegar a El Porvenir? ¿Se habrían enterado de quién era, de quién había sido su padre?

A pesar del miedo, o para alejarlo, recordaba: el poyo en el centro de la habitación en la penumbra; las hileras de ollas de peltre celeste de distintos tamaños, alineadas en orden descendente —las grandes arriba, las chicas abajo—, que cubrían la pared al lado del fogón. El rojo de las brasas. El olor dulce del maíz. Don Atanasio, que acompañaba siempre la palabra «milpa» con el adjetivo «santa». Sentados a la mesa, listos para cenar, el señor quiché dio las gracias: gracias por haber vivido un día más, por haber comido ese día. Invocó al «Señor de todos» y pidió por los que no tenían que comer o estaban enfermos, o en la cárcel, y él se sintió secreta, íntimamente aludido. Y con el opio de los recuerdos su imaginación se puso a producir detalles.

*

La luz lo había cegado al abrirse la compuerta y la silueta de la nana, recortada contra la luz de la tarde, fue una aparición milagrosa. El hombre de voz afelpada y cara de tigre, cuyo perfil, al principio, él no reconoció, había dicho:

Mire qué suerte.

El abrazo de la nana, la cara humedecida por las lágrimas, la mano del hombre que le alborotaba la cabeza. La incredulidad, mientras el haz de luz de la linterna iluminaba paredes forradas de fajos de billetes de por lo menos tres colores diferentes; lingotes de oro como barras de chocolate; una colección de armas que no parecían de juguete; cajas de madera unas sobre otras, con dibujos de calaveras rojas sobre tibias cruzadas.

La nana lo abrazó de nuevo, luego lo envolvió con la manta, que tomó del catre, y lo condujo túnel afuera, mientras el hombre con cara de tigre seguía examinando el contenido de aquel cuarto secreto, entre exclamaciones de asombro y risas un poco demenciales.

Quetzales y dólares, cientos de miles de quetzales y de dólares, doña Tilde. ¡Pasaportes en blanco! Documentos de identificación y licencias... Uniformes verdes, caqui, azules. Matrículas, insignias. Armas para armar un escuadrón. ¡Dinamita para volar cien puentes!

La nana lo llevó al cuarto de baño de sus padres, donde le preparó una tina con agua muy caliente. Estando allí, el recuerdo de baños parecidos, dados por otra mujer, se avivaba con el agua corriéndole por todo el cuerpo. Se puso a llorar.

El hombre hablaba por teléfono; decía: «Sí, mi amor lindo» o «No, mi gordita». Entró en el baño para hablar con doña Matilde. Iba a llevarse todo aquello. ¿Pero cómo? ¿Y adónde? ¿Por qué no, en vez de pensar en irse al extranjero, como decía el Cobra, se iban para Toó?, sugirió doña Matilde. De todas formas, había que salir de la casa lo antes posible. ¿Tal vez en helicóptero?

Voy por el niño y mi mujer, pues —le dijo el Cobra más tarde a la nana, que ya estaba en la cocina preparando una cena de huevos y frijoles para un Jacobo muy hambriento—. A Boca del Monte. Voy en la Volvo.

*

Tenían preparadas cinco o seis maletas, muy pesadas.

Durante el desayuno, el Cobra quiso explicar la situación a su señora. Pero ella:

Yo creí que íbamos al extranjero. No voy a irme a vivir a un pueblo de indios. Y disculpe que lo diga así de francamente, señora —le dijo a doña Matilde al terminar de oír el plan de evasión al interior—. ¡Y con ese idiota! —añadió en voz baja un momento después.

Pero mi amor, es lo mejor que podemos hacer.

Yo tengo mi vida aquí. Vos sabés. (Era bailarina estelar en un night club llamado Élite.)

¿Pero sí te irías a otro país?

Depende.

A México.

Tal vez.

Podemos irnos luego. Si nos vamos por lo legal. Yo, se supone... Recordá. Necesitamos tiempo.

Ella volvió la cabeza y se quedó mirando una casa de gran lujo del otro lado del barranco; el jardín escalonado, la pista de tenis color ladrillo, la piscina azul.

Hagamos una cosa —dijo después—. Andate vos si querés con el niño. Cuando estés listo para viajar al Norte, yo los sigo.

Él se rio. Al cabo de un momento:

Bueno. Pero el niño te necesita más que a mí. Se va a quedar con vos. No te preocupés, te llamo un taxi.

Siguieron desayunando en silencio.

*

El helicóptero aterrizó en el jardín, en el centro de los círculos de cal, y él recordó la hierba alborotada en remolino por la hélice. El Cobra, la tarde anterior, había proporcionado al piloto una serie de datos falsos, para hacerle creer que viajarían, por órdenes de don Emilio, a una playa llamada Quitacalzón, cerca de Puerto Quetzal.

Cambio de plan —le dijo ahora—. Vamos a Occidente.

No hay problema —contestó el piloto, y miró a lo alto por el lado de occidente: cielo despejado, nubes muy dispersas. Parecía estar de buen humor, y, sin permitir que nadie le ayudara, comenzó a colocar las pesadas maletas en el helicóptero, un LongRanger de seis plazas.

Había servido muchas veces de piloto a don Emilio y le alegró ver a Jacobo, a quien conoció cuando era niño.

Salió adelante de eso, entonces —dijo el piloto capitán—. Me alegro. Dios no es grande. Es grandísimo.

Tendió la mano, un guante sin dedos, y Jacobo la estrechó.

Lo sentaron como copiloto y le ayudaron con el cinturón; el gato podía llevarlo sobre las piernas. Un momento antes de elevarse el capitán le puso unos audífonos.

El paisaje de montañas, volcanes y lagos con el mar en el fondo era precioso, como dijo por el intercomunicador doña Matilde, que volaba por segunda vez.

Aterrizaron hora y media después en Palestina de los Altos, más allá del Siete Orejas, un volcán de cráter derruido, donde había un pequeño campo de aviación. El Cobra le pagó al piloto con un fajo de billetes todavía crujientes.

Uno nunca sabe para quién trabaja —le dijo.

El otro, con una carcajada recia, convino en que así era.

La bruma comenzaba a condensarse en las crestas boscosas de las montañas, para bajar en cascada entre los pliegues y las sombras. Algunas recordaban águilas grises en descenso, las garras por delante, las alas abiertas, la cola extendida en abanico.

Antes de que los viajeros terminaran de colocar sus pesadas maletas en el baúl de un Toyota Yaris blanco, propiedad de un primo de doña Tilde que llegó a recogerlos, el helicóptero volvió a elevarse. Se alejó en dirección a la frontera mexicana. El Cobra, que lo seguía con los ojos:

Otro que se zafa.

¿Esta es tierra de indios? —preguntó Jacobo cuando el auto arrancaba.

La nana, sonriente, lanzando por la ventanilla una mirada oblicua que abarcó el volcán azul y deforme, las montañas y colinas de distintos tonos de verde y el valle alargado con el surco de un río en el medio, le dijo que sí.

48.

Con el hombre redondo y don Pascual a la cabeza, los turistas se dirigieron a la plaza central de El Porvenir.

A las once de la mañana el pueblo parecía vacío. Pero en la calle principal, que desembocaba en la plaza, había un pelotón antimotines —unos cuarenta hombres con cascos y viseras negros y grandes escudos— aguardando a los manifestantes, vecinos de El Porvenir y los municipios aledaños. Una hora más tarde, una numerosa comitiva avanzaba por la calle de polvo color crema hacia la plaza. Llevaban en alto varias mantas con lemas como «Abajo las minas», «No queremos cianuro», «Nuestras vidas valen más que el oro». Serían unas mil personas y se detenían de tiempo en tiempo para que alguien pronunciara un discurso o lanzara una consigna.

En un extremo de la pequeña plaza con su palacio municipal y el típico quiosco para la banda de música, había un mapa en relieve de la montañosa y accidentada región de Ixtahuacán, con los ríos Tzalá y Cuilco representados por sinuosas líneas azules. Alguien había manchado buena parte del Cuilco con pintura roja, para recordar que estaba envenenado. Los manifestantes se iban agrupando frente al palacio y pronto ocuparon toda la plaza. El alcalde recién electo abrió la ceremonia desde el palco principal del palacio: pidió a la gente que se descubriera la cabeza y guardara silencio, pues era hora de agradecer, estilo maya, a las abuelas y los abuelos, al día del calendario y a Dios.

Creador y Formador del Cielo y de la Tierra —recitaba el alcalde—, haz que nuestras mentes, nuestros corazones estén limpios, que seamos dignos de la naturaleza, que haya paz. Señor, escucha nuestras peticiones, hoy, el día Be, día del camino. Que el camino nos lleve hacia la paz.

Los hombres, que vestían pantalones vaqueros, botas y sombreros tejanos, y las mujeres con sus coloridos trajes tradicionales, aun los adolescentes con pantalones holgados y gorras de béisbol; todos guardaron silencio hasta que terminó la invocación.

Siguieron varios discursos en español y en mam. El alcalde prometió defender los intereses de la población ante los intereses de las mineras; los ambientalistas exhortaban a la gente a hacer valer sus derechos. Una matrona local, que había visitado El Recuerdo, dijo que tal vez los hombres que vendieron sus tierras a la compañía podrían irse a vivir en otra parte, pero las mujeres y sus hijos tendrían que quedarse allí cuando todo el oro hubiera sido extraído y en el lugar donde estuvieron las montañas quedaran solo escombros contaminados con cianuro.

¡Aunque consigan las firmas, no servirá de nada! ¡Hay que bloquear carreteras! ¡Hay que volar puentes!

Esta voz provenía de la oscura sopa de gente que se movía, como agitada por una paleta invisible, alrededor del quiosco de música frente al palacio municipal.

¡Fuera los kaxlanes! —gritó otra voz en español—. ¡Revolución o muerte!

Se parecía a la voz que pidió que lo bajaran del autobús. Podrían lincharlo, se dijo a sí mismo Junajpú.

Nos traicionaron, entonces —dijo don Pascual por lo bajo al hombre redondo, y él, decepcionado, moviendo la cabeza de un lado para otro, replicó:

Es lo que mejor saben hacer.

Una ráfaga de metralleta cayó sobre ellos como chinche en feria. Traqueteos, zumbidos que cortaban el aire. Alaridos, lamentos. Siguieron las bombas lacrimógenas: los pum, pum, pums; los hongos, las culebrinas de gas.

Don Pascual se dobló hacia un lado y luego se hundió hasta el suelo con un gemido sordo. Ya nada, fuera de la espalda o los codos del prójimo (o tus propias manos), se veía claramente a través de lágrimas involuntarias.

*

¡Lo mataron! —gritó Goya, acuclillada junto a don Pascual. Del costado izquierdo le brotaba sangre en abundancia. La bala había entrado debajo del corazón. Reuniendo sus fuerzas, alcanzó a decir:

Que mi muerte sirva para algo. Hoy cenaré con las nanas y los tatas de antes. Ellos nos ayudarán.

Goya bajó la cabeza. Cuando la levantó tenía una mejilla manchada de rojo. Sus ojos se humedecieron. Repitió en voz baja:

Lo mataron.

Los guardias, apostados en los palcos del palacio, ya no disparaban, pero de vez en cuando se oía una explosión, como la de un cohetillo, y el silbido de una bala.

El que levante la cabeza...

Goya tomó a Junajpú por la mano y, agachándose hacia el suelo, los dos corrieron entre el montón de gente que se dispersaba en todas direcciones desde el centro de la plaza, para refugiarse en el interior del mercado.

49.

Durante el velorio de don Pascual y las otras cuatro víctimas de El Porvenir —entre cánticos y oraciones de por lo menos tres cultos y en tres lenguas distintas—, en la placita central del pueblo despertó el recuerdo de otros hechos de la gente maya. Se oyeron gritos que venían como rebotando por los paredones del tiempo. *Viven de la sangre de la gente. Se comieron a mi padre. Así han hecho desde antes.*

Esto —liderar las protestas, había dicho Goya— era también parte del trabajo comunal, el servicio: el *kaxkol,* el principio regidor del conjunto de parcelas y bosques que constituían el antiguo país de Toó y otros territorios mayas, de donde los kaxlanes habían sido expulsados en más de una ocasión.

Hace dos siglos nuestros abuelos lucharon para que no pagáramos tantos impuestos, y por eso los mataron. Por motivos parecidos mataron hoy a nuestros compañeros, nuestros hermanos. ¡Pero los que mueren por la vida no pueden llamarse muertos! —exclamaba en mam un principal de El Porvenir, de pie junto a los féretros, mientras la gente en traje de luto se movía por la plaza con carteles en tres lenguas distintas:

«Nos robaron hasta el miedo y aquí estamos.»
«Esta tierra es nuestra.»
«La heredamos.»
«La compramos.»
«La defendemos.»

Así como hace siglo y medio —decía en su lengua el principal—, *los hermanos del Común de Toó adoptaron la estrategia de comprar sus propios terrenos para inscribirlos en el registro moderno y asegurar su posesión en términos legales. O así como en 1890, recién fundada la república que ahora se disgrega, los pueblos se rebelaron para impedir la unificación de las alcaldías ladina y maya...*

Una voz ya conocida lanzó por un pequeño altoparlante la consigna de quemar el palacio municipal, un pretencioso y deteriorado edificio de inspiración neoclásica, donde se había resguardado el alcalde acusado de traición.

El hombre del discurso interrumpido, seguido por otros cinco principales, se dirigió deprisa hacia las puertas del palacio.

¡No hay que caer en otra trampa! —exclamó—. ¡Hay que mantener la calma!

El plantón que hicieron allí los cinco principales evitó el linchamiento y tal vez otra matanza, aquella noche.

*

El cementerio, donde yacían los restos de generaciones y generaciones de principales mayas, estaba en lo alto de una colina de formas suaves en las afueras del pueblo. Al entierro de don Pascual acudió toda clase de gente. En la vía central, que corría de este a oeste entre tumbas multicolores, una cuadrilla de sepultureros, piochas y palas al hombro, iban detrás de los muertos. Una mujer solitaria, sentada al borde de la calzada en posición de medio loto, rezaba frente a un pequeño fuego sagrado rodeado de veladoras. Más allá estaba el santuario principal, un gran rectángulo en el suelo, con sus cruces y flores y botellitas de aguardiente, donde dos tatas mayores quemaban pom para invocar sus poderes.

Ante la matanza, las comunidades respondemos con solidaridad, con cantos y con flores, con azúcar, con velas. Respondemos con el Kastajinem, con el despertar, porque aún en medio de la muerte y el dolor no perdemos el poder para organizar lo bello —leía una mujer al lado de los féretros.

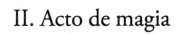

II. Acto de magia

50.

Habían sido invitados a sentarse al lado del fogón, que estaba constantemente encendido, como es costumbre en los pueblos de tierra fría. En la penumbra, el cuarto era cóncavo; una burbuja de tiempo. No estaban en el presente, pensó el Cobra. La pared del poyo cubierta de cacharros de peltre; el perro que había conocido de cachorro y que ahora daba muestras de vejez; las plantas que no cabían en sus tiestos; el gato, que ya no estaba (el gato de Jacobo ocuparía su lugar): todo esto hablaba del tiempo transcurrido. Sobre la mesa colgaba una tira de papel color ámbar ennegrecida con moscas.

Tenían corriente eléctrica, pero un bajón temporal los dejó a oscuras. Los había con cierta frecuencia —dijo doña Desideria— desde la instalación de unas maquilas en el cantón vecino. Pero la luz iba a regresar.

Recordaban bien al Cobra, los señores Akiral. Habían echado un poco de carnes, y ella tenía el pelo gris. El de don Atanasio era negro, salvo un mechón de canas en la sien derecha.

Yo digo que fue idea de don Federico. Ese catre y la manta. No matarlo de una vez —había dicho doña Matilde.

El Cobra negó con la cabeza.

Iban a regresar por él. Seguro.

Hablaron sobre Goya, que esos días estaba de gira, como conferencista, por Europa. (Casi diez años habían pasado, parecía increíble, acordaron.) Se había convertido, no en astrónoma, sino en abogada.

Eso parecía increíble también —dijo el Cobra—, ¡abogada!

Don Atanasio:

¿Por qué increíble? Ha leído. Ha estudiado. No hace falta mucho más.

Parecía muy contento, satisfecho de sus logros.

Goya se había casado con un muchacho de Santa Catarina Barahona, «biólogo de la Del Valle», pero no tenían hijos. Ahora, mientras el Cobra masticaba su comida en silencio, el biólogo entró por la única puerta, saludó a sus suegros y a los invitados y se sentó a la mesa frente al Cobra.

Pedro Sebastián, encantado.

En quiché, ¿o en cakchiquel?, reanudaron pronto él y don Atanasio una conversación que al parecer sostenían desde hacía algún tiempo. Una diferencia por el uso de un nacimiento de agua comunal muy cerca del lindero entre dos cantones.

¿Una riña entre vecinos?

No era bueno acordarse del mal hecho, había dicho el mayor. Perdonar era un acto de magia, era abolir el pasado.

De los territorios y pueblos de gente maya, Toó era el menos habitado por ladinos, y uno de los más prósperos. Comerciantes, artesanos, peritos en varias materias, eran los dueños de vastas áreas de bosques comunales y abundantes fuentes de agua —recordó don Atanasio—. Si todos colaboraban, habría de todo para todos.

Era junio y doña Desideria estaba preparando un sartén con cebollas, tomates y unos hongos de sombrero grande llamados *katzú* (amanitas cesáreas, el biólogo precisó) para la cena. Era la temporada.

Jacobo estaba sentado frente al fuego entre doña Matilde y doña Desideria. Comía su segunda sheca, mojada en té de hierbas. Miraba fijamente las llamas.

La luz no volverá hasta mañana —dijo don Atanasio—. Es una lástima.

Las veladoras y el fogón dan luz de sobra —dijo el Cobra.

Así que regresó —le dijo doña Desideria después de poner un plato de hongos y acelgas en la mesa frente a él.

Regresé —dijo.

*

Mientras los demás hablaban de las cosas que ocurrían en Toó, él repasaba, en el claroscuro de la cocina, las acciones que debía coordinar para el traslado a su nueva patria adoptiva del pequeño tesoro que el destino había puesto en sus manos en aquella caleta de La Cañada. Una noche sin luna, desde el fondo del barranco de Boca del Monte, subirían hombres en silencio hasta la entrada secreta del túnel. Como hormigas cargadoras, mecapales a la espalda, volverían a bajar, muy despacio, con su peligrosa encomienda por el sendero sin luz.

51.

Después de comer les ayudaron a instalarse en casa de doña Matilde, del otro lado del caminito de lodo, que terminaba entre dos milpas.

Doña Matilde:

Cuando yo era niña, allá por el principio de los tiempos —se rio—, todo el cantón sembraba su maíz de un solo, y comenzábamos de madrugada. Era un día alegre, en marzo, con el gran calor. A cada plantita se le echaba un galón de agua, las mujeres se hacían cargo. Conectaban mangueras desde las casas para llenar, a cada tanto, tinajones de agua, y de ahí las niñas la acarreaban en cántaros de semilla en semilla. Solo parábamos para almorzar, bien empapadas.

Volvió a reírse antes de agregar:

Yo soy sola y no tengo quien me haga ese trabajo como me lo hacían antes. Por eso mi milpa no es tan buena.

Le ayudaba a veces un jovencito del cantón, pero el trabajo de la milpa lo hacía muy deprisa y solo a medias.

Usted puede aprender a rastrojar —le dijo más tarde don Atanasio al Cobra, en son de broma.

Aprendería —dijo él—. ¿Cuándo es la siembra?

En marzo.

Tenía casi un año, mientras tanto.

III. Ermenegilda

Desde tiempos remotos existe la creencia de que los cuchi-
llos no han de regalarse. En caso de hacerlo, se cree que se
avecina una pelea. Por tal razón el arma se vende por una
moneda, o se cambia por otra cosa de poco valor. Hay quienes
sostienen que cuando un cuchillo no se regala ni se vende su
entrega constituye un rito iniciático comunitario, por lo cual
el cuchillo pasa a tener un valor de uso y no de propiedad.

Radio Mitre, 10/V/2016

52.

La manera como el Cobra resultó incluido en la comunidad de Toó no fue clara ni siquiera para él mismo. Pero la especie de iniciación sin protocolo a la que fue sometido era propia de la organización de los pueblos en resistencia, como le explicó Goya más adelante.

La fiesta de San Miguel Arcángel, el 29 de septiembre, suele ir acompañada, en el país de Toó, por lluvias copiosas. Aquel año no fue la excepción. El recuerdo del valle en marzo, cuando el campo es amarillo y el cielo azul, no coincidía con la visión actual de montes negros bajo un cielo oscuro aun a mediodía. Nubes de distintas formas y a diferentes alturas iban y venían en el aire.

En la plaza se había formado un mar de paraguas, y el agua café arrastraba basura de acera en acera entre cuatrocientos pares de pies por las callecitas de piedra. En un estrado frente a la iglesia y el teatro (un elegante teatro de herradura construido en el siglo XIX), flanqueada por puestos de tiro al blanco y dos ruedas de Chicago (una enorme y una enana), una banda de cumbia tocaba delante de un vasto telón de luces computarizadas que habrían complacido al público de cualquier urbe entre Tapachula y Sonsonate. Algunas parejas, desdeñando los paraguas, bailaban despreocupadamente bajo la lluvia frente a las enormes pantallas de luces que palpitaban.

Alrededor de la plaza había una red de puestos de comida y dulces de feria, joyas de fantasía, camisetas de fútbol, toallas y frazadas con impresos de flores y animales salvajes que rebosaban hacia un parquecito contiguo. Allí, en un puesto de garnachas y frituras, Goya y Pedro, don Atanasio y el Cobra se acomodaron en una mesa de plástico bajo un toldo rojo y blanco con goteras. El humo de leña quemada y de aceite hirviendo oscurecía el aire, hería los ojos y se adhería al pelo y la ropa, donde su olor quedaría impregnado durante días, recordatorio de la fiesta y los incidentes banales pero decisivos que tuvieron lugar aquella noche.

La gente hablaba en voz baja, advirtió el Cobra, un poco extrañado.

Se sumaron al grupo alrededor de la mesa una joven prima de Goya, Ermenegilda Ek, estudiante de artes plásticas, y don Santos, principal de Toó y amigo de los Akiral. Tenía una barba rala y muy larga, que le daba más aspecto de sabio confucionista que de tata maya. Había sido autoridad máxima del pequeño y antiguo reino de veintiséis cantones dos años atrás, y era todavía un personaje influyente en la política comunal. Era, además, abogado penalista (*Barrister, in English,* dijo en broma, dirigiéndose al Cobra) y Aj Kij, brujo, o sacerdote mayor.

El clima era festivo, aunque la lluvia caía muy en serio. Y sin embargo en el ambiente había una tensión palpable que no era solo religiosa. Otros personajes influyentes, con ideas y programas muy distintos de los de nuestros amigos (ya los conocemos un poco, ya podemos llamarlos así), comerían garnachas y frituras en otro puesto de comida en el extremo opuesto del parque. Se evitaban entre ellos porque no querrían fingir cordialidad en público, como lo exigía la etiqueta de Toó en caso de un encuentro fortuito entre rivales de cualquier tipo durante las fiestas comunales.

Beber aguardiente en estas ocasiones era la costumbre. Pidieron una botella de Guaca, el anisado dulce. La bebieron con la comida, hablando de esto y de aquello (la razón de la pobreza en Bolivia o en la India, que al contrario de lo que parecían creer tantos sociólogos locales no era la inclinación natural de los pobres al alcohol y la indolencia, sino las grillas económicas, que los forzaban a endeudarse; los mercados de esclavos en Libia; la defenestración del último presidente norteamericano; la proliferación de los drones; la minería extraterrestre...) y recordando aventuras y otras ferias. Habían conseguido, hacía poco, que en varios cantones de Toó se prohibiera el uso de bolsas plásticas, y, a orillas de las carreteras, la instalación de vallas publicitarias, muy a pesar de la moribunda Cámara Nacional de la Industria y el Comercio. Terminada la botella, el Cobra insistió con vehemencia en pagar la cuenta, como solía hacer últimamente. Don Santos invitó al grupo a seguir bebiendo en su casa. Tenía whisky y un par de cervezas.

Bajo la lluvia anduvieron hacia las afueras del pueblo por una callecita de lodo y piedras, convertida en torrente, donde era necesario usar los paraguas a modo de bastones para no resbalar.

Las paredes de la casa de bloques necesitaban pintura, las láminas del techo estaban oxidadas. Este —les dijo don Santos— era su cubil. Tenía aquí también una oficinita de abogado y, como suelen tenerlo en sus casas los Aj Kijab, un pequeño altar.

En el suelo y en los sillones de la sala había varias torres de papeles y carpetas —expedientes judiciales— desordenados como en un escritorio sobrepoblado.

No se me paren ni sienten encima de estos —les pidió en tono cómico—, que allí están los futuros jurídicos de gente que conocemos. Gente buena y gente mala —añadió, moviendo los ojos de una torre a otra.

Un poco más tarde, acomodados en los sillones de la sala entre las torrecitas de papeles, después de beber bastante whisky, don Santos le dijo a quemarropa al Cobra:

¿Por qué no trabajar para el Común? Así pasa a formar parte.

¿Por qué no? Es cierto —dijo el Cobra.

Ya por terminarse el whisky y la cerveza, Ermenegilda, que estaba sentada al lado del Cobra en uno de los sofás, reprimió un bostezo y dijo que tenía sueño. Como al descuido, apoyó la cabeza en un hombro del Cobra, y él se quedó mirándola de reojo con una alegría difícil de disfrazar.

Don Santos levantó la botella de whisky, la declaró oficialmente interfecta. Luego se puso de pie para invitar a sus huéspedes a pasar a un cuartito adyacente, donde estaba el altar. Ermenegilda abrió los ojos y se volvió para mirar al Cobra. Se irguió y sacudió la cabeza. El Cobra le extendió una mano para ayudarla a levantarse y juntos sortearon las torrecitas de papel y entraron en el cuarto del altar.

Don Santos quería mostrarles su vara de autoridad, que descansaba junto a las de sus antepasados sobre una mesa cubierta por una sábana con bordados mayas de pájaros y flores. Cada vara era distinta de la próxima, cada una tenía su personalidad propia. Y su historia, apuntó.

Frente al pequeño altar don Santos se arrodilló para sacar de una cajita de madera un puñado de candelas delgadas como lápices de distintos colores, que ofreció a sus invitados. Debían escoger cuantas quisieran —les dijo— y ponerlas a arder al pie del altar, en un recipiente de lava que contenía arena de un río de agua caliente nacido en las faldas de un monte llamado Mamaj.

El Cobra se rio, pero los otros, a través de un velo de alcohol, lo miraron con seriedad para hacerle recobrar la compostura.

No había que encender la mecha por el medio, sino por el cabo, explicó don Santos, para no cortar uno mismo su destino. Y había que quemarles el culito a las candelas, solo un poco, antes de clavarlas en la arena.

Después de que Goya, Ermenegilda, Pedro y don Atanasio hicieran lo propio, llegó el turno del Cobra. De rodillas, se inclinó hacia adelante para colocar la última de sus candelas. Y fue entonces cuando el exautoridad, abogado y sacerdote mayor deslizó un cuchillo de obsidiana a la mano del corpulento kaxlán (Su *tijax,* para cortar la mala onda —le dijo al oído). Él lo recibió, cerrando la mano en puño, sorprendido y contento. Y se guardó el objeto punzante en un bolsillo de su chaqueta de lana, típica de muchos pueblos del altiplano, que se había puesto aquella noche para protegerse del frío y la humedad.

53.

En el cantón había bastantes niños de la edad del Cobrita —a quien su madre optó por no guardar—, y no tardó en hacer amigos en la escuela que un tío abuelo de doña Matilde había fundado.

Con sus setenta años, don Ata estaba en buena forma, y todavía acostumbraba dar largas caminatas por el bosque, siguiendo un sendero muy empinado a lo largo de los linderos y los mojones —grandes piedras pintadas de rojo y blanco— entre cantón y cantón.

Usted podría hacer este trabajo, cuidar los bosques y las fuentes de agua, si conoce los caminos —le dijo el antiguo autoridad al Cobra.

Hoy habían salido temprano, después de un desayuno de tortillas y abundante café. El Siete Babas, como don Atanasio le puso a Jacobo antes de que lo rebautizaran con el nombre de Junajpú, los acompañaba. Se mantenía a varios pasos de los adultos, tomando ahora la delantera, ahora la retaguardia. Como hacen los perros, dijo don Atanasio en cierto momento, y él fingió no oírlo.

Por momentos, se le oía hablar solo. Podía adivinarse otro personaje y una historia inventada por el adolescente retrasado mientras iba conociendo el bosque, un bosque milenario cuidado, desde el llamado principio de los tiempos, por alguaciles, brujos y sacerdotes mayas.

En lo alto de aquella montaña negra que tal vez era el tapanco del cielo, las nubes descendían como cascadas desde las alturas y se enroscaban en las ramas de los árboles, gruesos como columnas de templo griego. A algunos les habían salido barbas de tan viejos, le dijo don Ata al Siete Babas, mostrándole unos largos jirones de líquenes grises que se mecían en el aire por encima de sus cabezas.

En la cima había basura plástica esparcida por el suelo. El humo ritual se levantaba desde varios altares: medialunas concéntricas hechas de piedras negras adornadas con flores y veladoras, cuyo prestigio atraía a sacerdotes y devotos de cientos de kilómetros a la redonda. El sol de la tarde estaba en el fondo; sus rayos formaban agujas al atravesar el humo azul, oloroso a pom y a pólvora.

*

El tata había dicho que, al volver, recogerían hongos. Llevaba dos bolsas de brin para ir guardándolos. El Siete Babas demostró tener un ojo privilegiado para detectarlos, y no se cansaba de ir de aquí para allá a las orillas del sendero para tomarlos de entre la broza bajo las sombras profundas de robles y pinos gigantescos.

Eso que llevás ahí —le dijo don Ata al Siete Babas, cuando hubo llenado la primera bolsa— vale más que varias cargas de leña.

Le hizo ver uno de sombrero rojo con puntitos blancos como ajonjolí.

Este es prohibido —le advirtió—. Se llama Ixtantlalok. No hay que tocarlo.

Detrás de uno de los depósitos de agua —un tanque de cemento con compuertas de hierro, gruesas cadenas y un enorme candado— el Siete Babas se disponía a orinar.

Demasiado cerca —objetó el exautoridad.

Se acercó al muchacho, que no había hecho caso, y lo tomó por un brazo con firmeza. Le explicó que no podía hacerlo ahí, que si en otra ocasión le resultaba necesario —y lo empujaba ladera abajo para alejarlo de la fuente— que se alejara cien pasos largos, si era para orinar, y trescientos si era para lo otro.

54.

Se había embarcado en el servicio comunal, ¡el principio regidor! Pero decidió darse el lujo de una habitación propia en un pequeño hotel en las afueras de San Miguel. Necesitaba guardar cierta independencia, y eso no parecía posible viviendo en casa ajena. Don Atanasio había mostrado asombro cuando supo que dejaría la casa de doña Tilde. Un hotel sale caro, decía. Pero el Cobra le hizo ver que el dinero no era problema para él. (De dinero habían hablado por extenso; aun fantasearon nombrando candidatos para las caras de la nueva moneda, llegado el momento de acuñarla. El medio de pago transitorio que había sido el dólar no les era grato, y hacía poco el Cobra había persuadido al exalcalde a comprar unas fichas Ether, la criptodivisa, en nombre del Común.) Doña Matilde no protestó. No dejaría de ser, por eso, la nana del Cobrita. El niño prefirió quedarse a vivir con ella, no tan lejos de Junajpú y sus compañeritos de la escuela. Y el Cobra siguió ayudándola con el trabajo de la milpa. Rastrojar es mejor que hacer gimnasia, aseguraba.

Cuando quiera volver, ya sabe —le había dicho doña Tilde—. Aquí tiene su casa.

En el tercer piso del hotel, donde tenía su cuarto, había una salita con un balcón que daba a la calle y una chimenea muy grande, frente a la que pasaba tardes enteras, pensando o leyendo; meditando, haciendo cuentas, recordando. No merecía ni los castigos ni los premios que había recibido a lo largo de sus escasos treinta años. La vida no era justa ni injusta, solía decir el juez.

Él nunca se quejó.

*

Después de la lluvia una mujer, el paraguas abierto todavía, cruzó la calle debajo del balcón.

Ermenegilda le había dirigido una mirada más, al final de aquella noche, ya demasiado lejana, después de dormitar, la cabecita negra apoyada en su hombro, y él había sentido una vaga ansiedad al decirle adiós. Desde entonces pensaba en ella con frecuencia. Había, sin duda, algo carnal en su deseo de volver a verla; pero también una ilusión que no lo era, y una nostalgia que le parecía inexplicable.

En el manto de la chimenea, bajo un arco griego de columnas entregadas, había una imagen del Sagrado Corazón. Lo flanqueaban dos estatuas del Arcángel que se miraban como en espejo —una de madera, la otra de barro—, la espada en alto en una mano, una balanza en la otra.

La mujer había entrado en el hotel. Le pareció reconocer su voz. ¿Lo buscaría a él?

Una araña de cristal colgaba del techo sobre un sofá desvencijado, pero bastante cómodo, donde el Cobra estaba sentado. En la pared opuesta al fuego había una cabeza de ciervo con una cornamenta, pensó el Cobra, demasiado grandes. Debajo de la cabeza habían puesto las manitas, apuntando hacia arriba, lo que producía un efecto cómico, como si el animal, ya disecado, quisiera decir: «¡Pero por qué!».

Ningún ruido llegaba desde los pisos inferiores.

Se levantó del sofá y salió al balcón. La calle estaba vacía. La neblina sobre el pueblo de San Miguel, donde giraba la gran rueda de Chicago iluminada de blanco, parecía azúcar en polvo. Nubes rastreras, unas blancas, otras del color de la ceniza, recibían los últimos rayos del sol, que se hundía entre dos colinas en una parcela de cielo todavía anaranjado. Los fuegos de artificio de alguna celebración brillaban sobre un poblado en las cercanías, un palpitar rojizo y violento. Pero una música plañidera, más mexicana que caribeña, llegaba a ráfagas hasta él; no se oían notas de marimba. Y en la chimenea la leña ardía y daba chasquidos, mientras las llamas hacían vibrar las sombras en la salita del pequeño hotel.

Alguien tocó muy suavemente a la puerta.

Él, aproximándose:

¿Quién es?

IV. Brujos pactados

55.

No iban de la mano, pero sus brazos se rozaban de vez en cuando mientras subían por un sendero empinado que se internaba en el bosque. Ella se detenía de vez en cuando y se agachaba para recoger ramas, hojas muertas, piedrecitas: material para sus obras de arte.

Siete años atrás, en el cantón vecino de Chuitamango las autoridades mayas y ladinas, tan corruptas unas como las otras —era necesario decirlo, en este caso—, habían permitido que gente extraña erigiera una plaza ceremonial de trece metros de radio. La bautizaron con el nombre de Oxlajuj Baktún, un ciclo de ciento cuarenta y cuatro mil días, más o menos. Era la representación de un punto imaginario donde terminaba el tiempo de los mayas para volver a comenzar, le había contado Ermenegilda al Cobra.

Don Santos dice que esa plaza es una nube que oscurece nuestro Sol. Así habla él.

¿Una nube que tal vez el viento —preguntó el Cobra— podría... soplar?

Es a lo que iba —dijo ella—. ¡Pero tenés que verla!

Se rieron y siguieron caminando en silencio.

*

Para ir a pie a Chuitamango tuvieron que cruzar una montaña y un barranco, en cuyo fondo estaban los linderos. En tres horas se pusieron allí. En las afueras del pueblo, que rodearon para llegar al cementerio, el Cobra se sentó al filo de una piedra, quejándose del dolor que le causaba una de sus botas recién estrenadas. Se la sacó y volvió a metérsela.

Vamos a ver sincretismo a otro nivel —Ermenegilda le advirtió.

En una medialuna de tierra excavada por maquinaria moderna en un costado de la colina del cementerio, estaba la gran plaza circular. Había sido consagrada por algunos tatas locales de manera muy cuestionable —le había dicho Ermenegilda—. La chorrearon, esos babosos, la verdad.

Había basura y restos de ofrendas rituales (flores marchitas, latas de chile, envoltorios de dulces a medio derretir) en los alrededores de la plaza y al pie de unas enormes estatuas de hormigón que marcaban los puntos cardinales, según la costumbre maya.

Se vendieron. ¡Pero mirá esas cosas!

El Cobra miraba las estatuas con una mezcla de incredulidad y asombro. Dijo:

No puede ser.

El norte lo marcaba una cobra erguida, muy gorda, de unos tres metros de alto.

¿Una nauyaca no habría estado mejor?

No te hagás, que a vos te gusta —ella se rio.

A huevos —dijo el Cobra, y sacudió la cabeza.

Una sirena de cola gruesa, con un tocado maya de plumas en la cabeza y, al aire, dos tetas grandes y redondas (al gusto narco), marcaba el sur. Un quetzal rechoncho (¡salido de la película *Río*!) marcaba el oriente; y un león rampante quizá indostánico, pero para nada maya, el occidente.

Habría que sancionar a los que ofrendan allí; tatas o brujos o farsantes, daba igual, había dicho don Santos en cierta ocasión.

Ermenegilda, ahora:

Al artista o los artistas que parieron estas cosas también habría que sancionarlos.

Corrían rumores de que la creadora había sido una arquitecta holandesa casada con un empresario local. Habría que verificarlo.

Y tal vez podríamos hacer volar la plaza, mientras tanto —dijo el Cobra.

*

La plaza ofensora había sido patrocinada por La Pirámide y Cementos Gran Jaguar, la empresa que durante el último siglo tuvo el monopolio constructor en la región. Para la apertura estuvieron presentes los embajadores de tres países mineros muy ricos y poderosos (un americano, un europeo y un oriental); los gobernadores de Ixtahuacán y Sololá; varios diputados; el presidente del Instituto de Turismo (extinto); el director del Fondo de Desarrollo Indígena (ídem); representantes de Cementos Gran Jaguar y La Pirámide y Claro Centroamérica, «entre otras personalidades», ironizó Ermenegilda.

En un documento de internet, había encontrado hacía poco una foto del director de La Pirámide durante la ceremonia de inauguración. Llevaba capa, sayo y turbante de sacerdote maya.

¡Cero sentido del ridículo! De todas formas, estas cosas no las hicieron aquí. Son muy feas, pero no son fáciles de realizar. No tenemos la técnica.

Al margen de la plaza circular, en una placa de bronce, se leía:

Esta construcción (llevada a cabo contra la voluntad del Común de Chuitamango y los cantones aledaños, y con la

complicidad de los alcaldes ladino y maya, dos payasitos
—apostilló en voz alta y en inglés para que unos turistas
japoneses que curioseaban por ahí pudieran entender—)
tuvo un costo de un millón y medio de quetzales.

Cuando los turistas se hubieron alejado, el Cobra hizo
una promesa: haría saltar esas estatuas por los aires.

¡Jurámelo!

Lo juro.

Dando un salto, ella le rodeó el cuello con los brazos
y le metió la lengua en el oído.

Sería increíble.

El Cobra, secándose la oreja:

Ya que estamos en la brecha, ¿cuántos puentes nos
conectan con la capital?

Ermenegilda, después de pensarlo un momento:

¿Siete, tal vez ocho? Pero estás loco. ¿Cómo?

Eso mejor no te lo digo.

Ya había aprendido que no convenía hablar de cier-
tas cosas. No hacía falta. Bastaba una mirada, un gesto,
para saber que estaban de acuerdo.

Ella se pasó las manos por la faja, se compuso el corte. Dijo:

El día que vuelvan los mineros, si es que vuelven,
hacemos algo.

Él asintió. Y ella:

Tenemos que echar el *tzité*.

*

Los mineros habían comenzado a ejercer sus influencias. Cuadrillas de ingenieros acompañados por gente
armada rondaban el pueblo. Aparecían carteles en las
paredes: ofrecían empleos, viajes, becas. Compraban

voluntades, poco a poco. De vez en cuando se veía un dron en el cielo, pero lejos del pueblo.

Volvieron —le dijo una tarde al Cobra un guarda-bosques de Chuitamango—. Ni pidieron permiso. Andan midiendo. Los vi puyar la roca.

La roca es carne de dios, recordó el Cobra. Estaban profanándola.

Muy bien —dijo.

*

Hacía mucho tiempo que no marcaba el número de la Casa Rosa, pero no lo había olvidado.

Pamela ya no vivía ahí —le dijeron.

Con pocas esperanzas, marcó desde una cuenta de Skype el número de su celular. Funcionaba todavía, para su sorpresa.

Hola. ¡Pero qué dices, cariño! ¡Te hacía en el otro mundo! —dijo con alegría en la voz.

Todo está bien. Llamo por un asunto urgente —prosiguió el Cobra.

Di, corazón.

Era como si hubieran estado hablando ayer, como si el tiempo en que dejaron de estar en contacto no hubiera existido.

¿Recordaba al brujo Pablo de Samayac?

Lo recordaba. Se hacía llamar el brujo pactado.

Quería hacerle un encargo —dijo el Cobra—. ¿Sería posible organizar una limpia? Para una amiga. Una amiga de amigos, en realidad. Le habían contado que él oficiaba en Chuitamango, en la plaza Oxlajuj Baktún.

Ningún problema. De vez en cuando lo veía. Se habían hecho amigos. Si los brujos pueden tener amigos, vaya.

¿Pero cuándo te veo? —quiso saber la española—. ¡Me encantaría! Me has hecho falta, ¿sabes?

Pero él no quería confundirse. Hizo un esfuerzo para apartar los recuerdos de su vida en la capital.

Mandaría noticias pronto, le dijo. No había que usar el celular, ni WhatsApp, de ninguna manera. Algo arreglarían.

Se quedó pensando en Pamela después de colgar. Era una mujer casi perfecta. ¿Por qué no iba a visitarla?

Pero, más de lo que deseaba complacer a nadie, incluido él mismo, temía decepcionar a Ermenegilda. Haría los arreglos a través de un intermediario, decidió.

Llegado el momento, lo explicaría todo.

56.

De los numerosos depósitos de agua del cantón de Toó —los grandes cubos de cemento pintados de blanco y rojo dispersos por las cañadas del bosque comunal— tres tenían rajaduras en las bases a causa de un fuerte sismo ocurrido hacía más de diez años. Ya no servían como tanques. Podían servir de bodegas, don Ata había sugerido. Y fue allí donde el Cobra guardó buena parte de su peligroso tesoro, el que hizo transportar desde Boca del Monte escondido bajo volcancitos de neumáticos de segunda mano en las palanganas de una flotilla de picops destartalados.

*

Estaba en cuclillas en la oscuridad cuando los cargadores llegaron con cartuchos, cables y detonadores.

Mucho cuidado con esto —dijo el jefe de la cuadrilla, indicando una de las cajas—, es dinamita muy vieja. Está sudada.

Los cargadores saludaron moviendo apenas las cabezas en silencio y se fueron por donde habían llegado —el camino de alguaciles y brujos mayas a lo largo de los linderos bajo los viejos árboles. El agua de la lluvia, que acababa de parar, escurría a goterones desde las ramas.

57.

El día que mandó el tzité era también día de fiesta en varios pueblos de los alrededores. Por todas partes, sobre altares planos y redondos que recordaban piedras sacrificiales, ardían fuegos sagrados y ofrendas de incienso entre pétalos de flores y velas de colores. Y alrededor de los altares había más ofrendas de flores, montoncitos de huevos frescos, botellas de aguardiente y creyentes de rodillas.

En la plaza Oxlajuj Baktún una tropilla de jóvenes se había reunido frente a la cobra de hormigón. Vestían sudaderos con capuchas, camisetas y unos vaqueros negros de cinturas muy bajas por las que asomaban bragas y calzoncillos. Fumaban grandes puros. Rezaban, invocaban en español. Una joven de piel clara y pelo corto hizo callar de pronto a los demás. Era Pamela, amiga y aprendiz del brujo Pablo, que los guiaba.

Un celular sonó, dejó de sonar.

La embajadora blanca del brujo pactado comenzó a lanzar gritos y a gesticular, mientras dejaba caer sobre las brasas al pie de la estatua puñados de dulces y latas de chile.

¡Licenciados del otro mundo —exclamaba, sin disimular las ces ibéricas—, jueces del otro lado! Ya dejen de estar chingando. ¡Liberen a Beatriz! Ya no nos chinguen, hijos del gran p... Y si ella robó o hizo algún daño, que lo que robó regrese a su dueño, ¡que el daño se deshaga! Ya les pagamos para eso. ¡Cumplan, cabrones!

Se oyeron unas explosiones: los chiles en lata que, al hervir el escabeche, explotaban.

*

Eran brujos de la costa —decían los paseantes—. O de la capital.

En agujeros taladrados al pie de los ídolos de la plaza (nube que oscurecía el Sol) los brujos pactados vestidos de negro colocaron, al anochecer, varios cartuchos de indugel y dinamita que el Cobra había proporcionado y que muy pronto haría detonar.

Guiados por Pamela, se alejaron de la plaza y desaparecieron por un sendero entre árboles que llevaba hasta la cumbre desierta llamada Alaska, donde un viento fuerte y muy frío zumbaba entre los chaparros. Al lado de la carretera, la luz de unos reflectores los barrió. El autobús nocturno a Samayac se detuvo a recogerlos.

*

La voladura en el costado occidental del camposanto se produjo en medio del ruido de fuegos artificiales. Un intenso relampagueo en el cielo llevó momentáneamente el día a la noche cerrada de Chuitamango. El suelo tembló.

Fue —diría Goya más tarde— una declaración de guerra incruenta y jubilosa.

Ermenegilda:

Fue una declaración de independencia.

¿Se vería el resplandor desde la costa?, se preguntaba el Cobra.

Don Santos, después de alisarse la barba:

De todas formas, todo el mundo se va a enterar.

En la penumbra, al lado del poyo, doña Desideria soltó una risa que a los ladinos que la rodeaban, junto con una docena de vecinos que abarrotaban el cuarto de las ollas, los electrizó.

Ustedes —dijo, mirando uno a uno a los ladinos— están muertos. Usted, Cobra, murió en aquel barranco. ¿Recuerda? Pero lo dejaron volver para que deshiciera el mal que estaba haciendo.

Este —siguió, mirando a Jacobo-el-Siete-Babas-Junajpú— murió en esa piscina, y regresó para hacer el bien que puede hacer.

Por último, girando muy despacio la cabeza, se dirigió al hombre redondo, que tenía en la cara una sonrisa seria y serena. Le dijo:

Y usted, don Polo, bueno. —Cerró y abrió los ojos. Volvió a ver a los demás—. Él regresó para seguir ayudando gente.

Glosario

Aj Kij (pl. Aj Kijab): categoría quiché equivalente a guía espiritual, contador de los días, sacerdote maya.

Be: camino, diente. Significa el camino, el destino y el desarrollo de la vida.

Chilam Balam de Chumayel: el más importante de los códices, propiamente manuscritos mayas, que hasta hoy se conocen.

Corte: falda usada por las mujeres mayas compuesta por una sola pieza de tela.

Día del calendario: el cholqij o calendario religioso, de 260 días. El Cholqij organiza una combinación cíclica de los numerales del 1 al 13 con los 20 nombres de los días.

Junajpú: hijo de Jun Junajpú y la virgen Ixkik. Junto con Xbalamké, son los principales personajes de la sección mitológica del *Popol Vuh*.

Kakulhá: deidad del *Popol Vuh*. También llamada Jun Rakán (huracán) o Ukux Kaj (corazón del cielo).

Kaxlán: ladino, mestizo.

Kaxkol: trabajo o servicio comunitario obligatorio en algunas comunidades mayas para el mantenimiento de los bienes comunes y la organización social, que asegura a los individuos una serie de derechos vitalicios.

Maximón: literalmente significa «señor amarrado». Personaje mítico que lideró la resistencia maya tzutujil poco después de la conquista española; en el ámbito ladino se le considera patrón protector de ladrones y prostitutas.

Oxlajuj Baktún (Trece Baktún): el 21 de diciembre del 2012, se completó un ciclo de 5.200 años Tun de 360 días. Según la concepción maya del tiempo, esta fecha marca el inicio de una nueva época en la historia de la humanidad, particularmente de los pueblos mayas.

Popol Vuh: libro que reúne el conjunto de mitos de la cultura maya. Se compone de dos partes. La primera, la más extensa, se refiere a la mitología de la creación. La segunda parte es predominantemente histórica y narra la llegada de los primeros pueblos a Tulán, la división de las lenguas, el asentamiento de los primeros altares y la división de los linajes.

Sistemas de justicia maya: distintas formas vigentes de mantener el orden y equilibrio en las comunidades mayas de Guatemala basadas en principios de reparación y rehabilitación.

Tijax: uno de los veinte nawales del calendario maya, cuyo glifo representa un cuchillo de obsidiana. Sus atributos son la fuerza y el poder emprendedor. Su energía es muchas veces drástica.

Tzité: semilla del palo de pito (*Erythrina macrophylla*) usada por los sacerdotes mayas en rituales oraculares.

Índice

Este libro se terminó
de imprimir en
Madrid,
en el mes de
octubre de 2018

Descubre tu próxima lectura

Si quieres formar parte de nuestra comunidad,
regístrate en **www.megustaleer.club**
y recibirás recomendaciones personalizadas

Penguin
Random House
Grupo Editorial

 megustaleer